河出文庫

伊能忠敬

日本を測量した男

童門冬二

河出書房新社

伊能忠敬

日本を測量した男

◉

目次

伊能忠敬

日本を測量した男

第一章　朔風《さくふう》に立つ

苦労を舐め尽くした少年時代

伊能忠敬は、延享《えんきょう》二年（一七四五）一月十一日に、上総《かずさ》国山辺郡小関村に生まれた。小関村は、九十九里浜に近い漁村である。生家の小関家は、漁業の網元を職業にしながら地域の名主を務めていた。忠敬の父親は利右衛門といった。しかし小関家の生まれではなく、武射郡小堤村神保家の出身だった。神保家も地域の庄屋だった。そういう家柄もあって父の利右衛門は小関家の養子に迎えられた。

忠敬が生まれたときには、すでに兄が二人いた。忠敬は三番目の子どもだった。そこで幼名を三治（次）郎と名づけられた。七歳になったとき母が死んだ。すると、ゴタゴタが起こった。父利右衛門の立場が曖昧だったせいだ。利右衛門はあまりいい婿ではなかった。いまでいえば研究者タイプで、肉体労働がきらいだった。

そのため父は、死んだ母の婿ではあったが、必ずしも当主の位置を与えられていなかった。やがては当主となる約束があったのかもしれないが、それは母が生きていてのうえの話だ。父利右衛門にすぐ当主の座を渡すのには、どこか小関家のほうにためらいがあったようだ。そのため母が死ぬと、利右衛門の立場が非常に不安定になった。悶着が毎日つづいた。利右衛門は当然の権利として、

「妻が死んでも、当主になることを条件に婿入りしたのだから、当主の座を与えてもらいたい」

と主張した。しかし小関家のほうでは、なかなか首を縦に振らなかった。利右衛門の性格や能力にためらわせるようなものがあったからだ。いい婿養子ではなかった。だから小関家のほうでは娘が死ぬと同時に、これさいわいとばかりに利右衛門の追い出しをはかった。

こうしたゴタゴタを、少年三治郎は、じっと見守っていた。こういうおとなの争いは、少年の心にけっしていい痕跡を残しはしない。根雪のように一生消えることのない傷跡を残す。三治郎はまずそういう暗い経験をした。

しかし、朔風《さくふう》（北風）に耐えて樹木は根をしっかり張るように、人間も逆境に耐えてこそ鍛えられる。

ゴタゴタの果てに、利右衛門は当時四十二歳だったが、ついに小関家を出た。このとき、上の子は二人とも連れて出たが、なぜか三治郎だけが残された。三治郎は、

「自分も連れていってほしい」

と父利右衛門の袖にすがって頼んだ。ところが利右衛門は首を振り、

「おまえだけはここに残るのだ」

と突き放した。これがまた三治郎の心に暗い傷跡を残した。その後、三治郎は、小関家で家業である漁業の手伝いなどをさせられた。そんな三治郎の暮らしを風の便りに聞いて、さすがの父利右衛門も哀れに思った。三治郎が十一歳になったとき、

「家に戻ってこい」

と連れ戻しにきた。三治郎は喜んで父の後をトコトコとついていった。

ところが、小堤村の神保家に戻ってみると、父はすでに後妻を迎えていた。複雑な境遇を経験してきた三治郎を、後妻は必ずしもいい顔をして迎えなかった。がまんできず三治郎は神保家を飛び出した。親戚の家を渡り歩いた。そんなあてどのない根無し草のような生活を少年三治郎は送りはじめたのである。

千葉県は、昔は上総《かずさ》、下総《しもうさ》、安房《あわ》の三つの国で成立していた。かなり最近までは、東京に隣接していながら、千葉県は「近くて遠い国」といわれていた。交通網の未整備もあって、結構時間がかかるからだ。いまは埋立地開発が進み、船橋から幕張にかけての目覚ましい発展が、千葉市を政令指定都市にまで押し上げた。

同じく東京に隣接する埼玉県は、一時「ダサイタマ」と悪口をいわれた。ダサイというのは、開発が後れているという意味だろう。だからスマートさがない、土臭いということだ。

しかしこれは間違いだ。ダサイということはそれだけ水がきれいで、空気が澄み、ま

た緑が豊かにあるということだ。つまり豊かな自然が存在するということが、ダサさの基礎条件なのである。

これをなくそうなどという動きが一部などにあるようだが、あまりそんなことに力を入れないほうがいい。美しい自然は最後まで守るべきだ。ダサさを失うということは、それだけ開発を急ぎ、自然を破壊するということになる。

それは別にして江戸時代、武蔵《むさし》国といわれた埼玉県に面白い現象がある。それは、徳川幕府のブレーンになった大名たちが、ほとんどこの埼玉県に配置されていたことだ。とくに忍《おし》（いまの行田市）、岩槻《いわつき》、川（河）越の三城には、譜代大名でも頭の切れる政策立案者たちが配置されていた。知恵伊豆といわれた松平信綱、春日局《かすがのつぼね》の孫である堀田正盛、阿部忠秋、九代にわたる秋元氏、さらに柳沢吉保などがいる。いってみれば、江戸時代の埼玉県は、

「徳川幕府の知恵袋」

であった。

これに対抗して、江戸時代の千葉県は、

「学者の養成地」

であったといっていい。後に名を成す新井白石、荻生徂徠《おぎゅうそらい》、青木昆陽《こんよう》、大原幽学《ゆうがく》そして伊能忠敬などはすべて千葉県で育った学者だ。

新井白石は、当時久留里《くるり》といわれた君津市に十数年在籍したし、荻生徂徠は茂原市に

いた。青木昆陽は第八代将軍徳川吉宗のときに、その片腕として江戸市政に力を尽くした名奉行大岡越前守忠相《ただすけ》の推薦によって、吉宗に仕えた学者である。かれは、

「米以外の食糧を生産せよ」

と命ぜられて、サツマイモの栽培に力を尽くした。その試作地が小関村にある。つまり、伊能忠敬が少年時代を送った地域で、青木昆陽はサツマイモの試作をおこなっていたのだ。また大原幽学が塾を構えて、日本ではじめての農業協同組合をつくった地域も、小関村からそれほど遠いところではない。

千葉県は江戸時代の学者にとって非常に住みよいところだったのかもしれない。こういう地域の特性は、やはりいつまでも保ちたい。いま全国の自治体が〝まちづくり〟や〝村おこし〟あるいは〝地域の活性化〟で、

「地域の特性」

を一本の柱として標榜しているが、その柱には当然歴史も入るし、その地域で育てた歴史上の人物も入る。埼玉県は、

「うちの地域は、徳川政治の知恵袋だった」

と誇れるし、千葉県は、

「うちは江戸時代の高名な学者をたくさん育てた」

と胸を張ってもいい。

さて、親類の家を渡り歩いている少年三治郎に、このころからいくつかの伝説的エピソードがはじまる。

その一つは居心地の悪い神保家で暮らしていたころ、たまたま幕府の役人が家に泊まった。神保家は庄屋だったから、年貢の課徴関係の役人が、始終やってきた。当時の年貢は、農民個人個人が納めるわけではなく、村単位で納めていた。今年はいくら納めるかは、役人と庄屋との相談によって決まる。そこで、役人の出入りが多い。役人たちは、庄屋の神保家と交渉した後、さてどうするかを今度は役人だけで協議する。そのときにソロバンを使う。

少年三治郎は役人たちのそういう計算の光景をみるのが好きだった。脇にいて、じっと役人たちが指ではじくソロバン珠をみつめる。はじき出した額を紙に書きつけるありさまを、飽きもせずにみていた。それがたび重なるので、あるとき役人の一人が、

「坊主、どうだ?　計算方法を教えてやろうか?」

と声をかけた。少年三治郎は、

「はい。ぜひ教えてください」

と目を輝かせた。役人の一人が戯れに計算方法を教えると、三治郎はすぐに理解し、覚えてしまった。役人たちは顔をみあわせて驚いた。役人の一人がいった。

「坊主、おまえには計算の才能がある。おれたちはソロバンをはじくことしか知らないが、おまえは、もっと学問を学べばものになるだろう。常陸国《ひたち》(茨城県)土浦の寺に、

数学の得意なお坊さんがいる。一度訪ねてみたらどうだ？」

この話は三治郎の心を奮い立たせた。

そこでかれは、ある日ふいと役人から教えられた土浦の寺を訪ねた。寺の住職はたしかに数学に明るかったが、少し変わったところもあった。身なりのあまり上等でない浮浪児のような少年が訪ねてきたので、どこまでこの少年が本気で数学を学ぶつもりなのか見当がつかなかった。そこでためしに、

「この問題を解いてごらん」

といって問題を出した。ちょうど昼時だったので、三治郎は持ってきたにぎり飯を食べながら、問題を睨みつけた。しかし、簡単な問題なのですぐ解けた。にぎり飯を食べ終わったころ、住職が出てきた。

「どうだ？　問題は解けたか？」

「はい、解けました」

三治郎は自分が出した答えをみせた。住職はビックリして目をみはった。三治郎の解答が正しかったからである。住職はまじまじと三治郎をみつめた。

「なるほど、私を訪ねてきただけのことはある。なかなか見どころがある。しばらく、私のところで勉強しなさい」

この後、約半年の間、三治郎はこの住職について数学を学んだ。半年経つと、かれの力は住職を越えてしまった。住職は、

「おまえは頭が鋭い。数学に向いている。もう教えることは何もない。もっとすぐれた師を探しなさい」

そういった。三治郎は再び故郷へ戻ってきた。

三治郎が父に対してどれほどの愛情を持っていたかよくわからない。とにかく、自分を置いて養家先から逃げ出したり、あるいは自分を呼び戻してもすでに後妻を迎えているような人物だから、三治郎の胸の中には暗い要素を与えこそすれ、あたたかいものはあまり与えなかったのではなかろうか。

この父は碁が非常に強かった。近隣でも有名だった。三治郎にとってこれは父の再発見である。そこである日、三治郎は父にいった。

「私にも碁を教えてください」

父はせせら笑った。

「おまえに碁が打てるものか」

こういうことをいうところをみると、父親はあまり三治郎の数学などの能力を買っていなかったのかもしれない。あるいは知っていても、無視しようとしたのか。小関家に置き去りにした罪のうらがえしだろう。

「その腹いせに、家業を嫌って、好きなことをしたいがために、あっちこっちふらつき歩いている」

そう思っていたのだろう。実家に戻っても居心地の悪い父親にとって、家を出て親戚をあちこちと泊まり歩いている浮浪児のような三治郎の存在は、よけい父親の立場を悪くしているると思っていたのかもしれない。父親の対応は冷たかった。

　このへんの経緯をみていると、ふっと志賀直哉の『暗夜行路』を思い出す。この小説の主人公は時任謙作といった。父親は、

（謙作は自分の妻が不倫を働いてできた子ではないのか？）

　という疑いを持っている。そのためどこか謙作に対する態度がギクシャクして冷たい。謙作はそういう父親の扱いを感じてはいるが、その理由がいったい何なのかはわからない。ところがこの父親がある日、

「おい謙作、相撲を取ろうか？」

　と誘う。久しぶりのことなので、謙作は喜んで父親に飛びかかっていく。父親は、少しも加減をしないで何回も謙作を投げ飛ばす。それでも謙作にすれば、父親が久しぶりに自分に構ってくれたので嬉しくてしかたがない。喜びを体から発散させながら飛びかかっていく。が、最後に父親は謙作を本気で投げ飛ばした。驚いた謙作が見返すと、父親は底冷えを覚えさせるような冷たい目で、謙作をじっとみつめていた。明らかに他人の目だ。謙作を嫌い、蔑《さげす》む表情だ。

　謙作にはその理由が後年わかるのだが、そのときはわからなかった。なぜ、自分がこれほどまで父親に冷たく扱われるのか見当がつかなかったからである。

　三治郎が父親に碁を教えてくれと頼んで拒まれたときも、こういう感情を持ったので

はなかろうか。父親の言い方は、まるで三治郎を馬鹿扱いしているかのようだった。

「おまえのような頭の悪い人間に、碁など打てるものか」

ということだ。三治郎は口惜《くや》しがった。そこで、

（他の人に碁を習って、父親を負かしてやろう）

と思い立った。碁を習いはじめると、その人がこのことを父親に告げた。

「おまえさんの息子が、おれのところに碁を習いにきているよ」

父親は、三治郎を呼び戻した。父親は、どちらかといえばプライドが高い人間だったので、こういうことは無視できない。

「おまえは他人のところに碁を習いにいっているそうだな？　もし本気で私より強くなろうという気があるのなら、碁を教えてやる」

「あります。私は必ずお父さんより強くなります」

「本当かな？」

父親は冷笑した。しかし碁を教えはじめてみると、その上達ぶりがすさまじい。メキメキと腕を上げた。父親はビックリした。そして改めて、

（三治郎は、そういう少年だったのか）

と驚いた。考えてみれば、上の子二人だけを連れて神保の家に戻ったときには、幼い三治郎の存在をそれほど意識していたわけではない。早くいえばどうでもよかった。だから、養家先に置き捨ててきた。その後の暮らしがあまりにも可哀相なので引き取った

が、だからといって三治郎の潜在能力を高く評価していたわけではない。現在も同じだが、
・親が子に持っている認識
・子が自分自身に感じている認識
には大きなギャップがある。親と子の問題は難しい。

これがわずかに残っている伊能忠敬の少年時代のエピソードだが、かれとかかわりのある人びとの少年時代が一脈通じるところがあるので、物語としてはまだ時期的には早いけれど、同じようなエピソードをここでまとめておきたい。

忠敬の生涯の師たち

伊能忠敬が隠居してから勉学しようと志したのは「暦学」である。そしてかれが選んだのが、たまたまそのころ幕府の天文方に採用された高橋作左衛門至時《よしとき》であった。高橋至時は、大坂の学者麻田《あさだ》剛立《ごうりゆう》の弟子である。大坂城の下級役人だった。幕府は、麻田に対して、

「今度、幕府では暦を新しくつくることになったので、その仕事をしてほしい」

と申し込んだ。ところが麻田は、

「自分は老齢だし、到底そういう仕事ができるとは思えないので、優秀な門人が二人いますから、これを推薦します」

と応じた。推薦したのが高橋至時と間重富《はざましげとみ》であった。間重富は大坂の富裕な商人だった。かれは辞退した。

「高橋さんのほうが適任です。わたしは高橋さんの補佐役になります」

そこで高橋は江戸に出て、天文方の役人になった。当時天文方は浅草にあった。

伊能忠敬はこのことを聞いて、すぐ高橋至時のところにいった。

「門人にしてください」

忠敬が高橋至時を訪ねたときは五十一歳である。高橋至時はまだ三十二歳だった。約二十の差がある。しかし、伊能忠敬にとってそんなことは問題ではなかった。つまり、

「どんなに若くても、自分が求める学問を修めた人は師だ。また、どんなに年齢を重ねていても、そのことについて何も知らないのならば、それは弟子だ」

と割り切っていた。このへんは、忠敬独特の合理精神だ。

忠敬が選んだ高橋至時とその師であった麻田剛立についても、こんな話が残っている。

麻田剛立は、豊後国《ぶんご》（大分県）杵築《きつき》の儒者で、綾部安正《あやべやすまさ》という人物の四男として生まれた。子どものときから〝神童〟の噂が高かった。そして異常に星が好きだった。幼いころ、家人の背に負われて外に出ると、暗くなるまで家に帰りたがらなかった。

「どうして、お家に帰りたくないの？」

おぶっている家人がそうきくと、幼い剛立は、

「お星さまがみたいんだ」

といった。夜空にキラキラと星がきらめきはじめると、剛立は、その星の輝きを自分の瞳に映すようにして、瞬《またた》きもしない。そして、背から家人を突っついては、

「あの星は何という星？」

「あっちの星は何というの？」

と熱心に星の名を尋ねる。家人がこれこれだと教えると、満足そうにうなずく。そして、一度聞いた星の名は絶対に忘れなかった。記憶力もすばらしくよかった。

七歳になったころ、よく縁側に爪で傷をつけていた。家人が、

「何をしているの？」

ときくと、

「お日さまの動きを調べているんだ」

といった。家人たちは顔をみあわせた。目で、

「この子は変わっている」

と語った。少年剛立は、日光が差し込む縁側に、その末端を爪で印をつけていたのである。かれはその爪痕をみて、

「お日さまは、季節によって動いていく」

といった。みんな、びっくりした。少年剛立はさらに、

「お日さまは、冬から夏にかけては北へ動きます。秋から冬にかけてはまた南に戻ってきます」

そう告げた。家人たちだけでなく、近隣の人々も驚いた。

あるとき、剛立は天然痘にかかった。むかしは種痘がないから、ただ寝ているより治しようがない。剛立はいたたまれなかった。外へ出て星がみられないからだ。夕暮れの太鼓が近くの城からきこえてくると、看病している家人に剛立はせがんだ。

「裏へ出て、空に大きな星が出たかどうかみてきてください」

「星なんかどうでもいいじゃないか。それよりも早く病気を治しなさい」

「病気を治しますから、裏に出て星をみてきてください」

せがまれてしかたなく裏に出ていく。そして空を仰いで、剛立がいった星を確かめて戻ってくる。剛立は、待ちかねたように、

「あの大きな星は出ていましたか?」

「出ていたよ」

「よかった」

剛立は安心して目を閉じる。こんなことをつづけているうちに、家人のほうが星をみるのが楽しみになってしまった。ある日こんなことをいった。

「剛立さん、今日は時を知らせるお城の太鼓の打ち方が間違っている」

「なぜですか?」

「いつもお城の太鼓が鳴ると、裏に出て星をみるのだけど、今日はあの大きな星がずっと西のほうに移っていたからだよ」

そういうと、剛立はニッコリ笑ってこういった。

「あの大きな星は、いつも同じところにいません。少しずつ動いているのです」

「え？　星が動いている」

家人はそんな馬鹿なという顔をした。しかし剛立は自分の考えを懇々と説明した。星はけっして一か所にいるのではなく、星自身の力によって動いているのだと告げた。家人は目をみはった。大きな星というのは北極星のことだ。剛立は、

「動かないと思われている北極星も、一晩に瓦一枚分だけ動きます」

と、北極星の〝不動説〟が間違いだということを告げた。家人は、

「へえ、星が自分で動くのかね」

と信じられない表情をした。

こういう剛立の性癖に辟易《へきえき》した親は、

「星ばかりみていても何の役にも立たない。医者になれ」

といって、医学を学ばせた。剛立は二十三歳のとき、藩主の侍医になった。

しかし、天文観測に異常な熱を持ちつづけているかれは、けっして現状に満足しなかった。かれは太陽の黒点観測をはじめていた。望遠鏡に煤《すす》を塗ったガラスを使って、自分で天体望遠鏡をつくった。そして毎日決まった時間に太陽の黒点の形や大きさや数などを記録しつづけた。この観測をつづけた結果、やがて黒点の周期や太陽自転の原則を

発見した。夢中になったかれは、

「藩の医者をやっていたのでは、本当にやりたいことができない」

と思って、二十五歳のときついに脱藩した。そして大坂にいって麻田剛立と改名し、天文星暦学麻田流というのを開いた。それだけではすぐに生活できなかったので、習い覚えた医術で生活費を稼いだ。しかし、その医術の面でもかれは実証を重んじ、犬猫を解剖して世間を驚かせた。やがてかれは、

「日本の暦は間違っている」

と考え、正しい日本製の暦をつくろうと志した。明和《めいわ》六年（一七六九）には、有名な〝地動説〟を唱えた。かれは、数学が得意だったので、すでに平方根や立方根を知る方法までわきまえていた。まだコペルニクスの理論は日本に伝えられていない時代である。剛立はさらに木星の衛星の動きや、土星の環の変化、あるいは月面の変化などについても鋭い観察をおこなった。

伊能忠敬が選んだ高橋至時《よしとき》は、この合理的・科学的・実証的な麻田剛立に学んだ。ということは、伊能忠敬も老年でありながら、合理的・科学的・実証的だったということである。

余談だが、

「日本の暦はいいかげんだ」

といい出したのは、徳川家康だったといわれる。慶長《けいちょう》十年（一六〇五）八月十五日、

そのころ使われていた日本の暦に、

「この日は月食がある」

とメモされていた。みんながその気になって待っていたが、ついに月食は起こらなかった。徳川家康は怒った。

「こんなインチキな暦では、国民生活が乱れる。正しい暦をつくれ」

これが、徳川幕府が正しい日本製の暦をつくろうと考えはじめた発端だといわれる。

しかし暦を新しくつくるという作業は簡単にはいかなかった。一つはシステムの問題だ。暦は大切なので、パテント制になっていた。しかも天皇の勅命によって、土御門《つちみかど》という公家がつくることになっている。いくら家康が、

「正しい暦をつくれ」

といっても、天皇と土御門家の許可がなければ、勝手にはつくれない。そのためかなり時間がかかった。

もう一つは、何を基礎にして新しい暦をつくるかということだ。日本の暦は、清和《せいわ》天皇の貞観《じょうがん》四年（八六二）に、中国から入ってきた「宣明暦《せんみょうれき》」という暦が使われていた。この暦は中国の唐の時代にできたものだ。それが伝わってきてからずっと、すでに八百余年も使われていた。当然誤差が生じている。一部の識者は、

「唐の宣明暦よりも、その後、元《げん》の時代にできた授時暦《じゅじれき》や、さらに明の時代にできた大《だい》統暦《とうれき》のほうが正確だ」

ということを知っていた。しかし、前に書いたようなシステムを壊し、これらの新しい暦を取り入れることは、なかなかたいへんなことだった。

不動ではなかった北極星

たまたま、京都の四条に生まれた渋川春海《しゅんかい》（安井算哲）という人物がいた。家は名門・足利家に連なっている。古い時代は有職《ゆうそく》（朝廷や武家の故実・礼式に詳しい人）で名を高めていたが、春海のころは囲碁の宗家として生活していた。

土御門が暦を司るのと同じように、京都の公家はいろいろなパテントを持っていた。和歌をはじめ茶だの花だの囲碁だのというような諸芸能についても、それぞれ宗家というものがあって、勝手に人に教えることはできなかった。いまでいうところの家元制度である。京都の公家は一人ひとりが、なんらかの家元だった。これは徳川家康が武士政権を確立したときに、

「天皇や公家は、これからは政治とはいっさいかかわりを持たないで、日本の古い文化の保持に励んでほしい」

といって法律をつくり、京都朝廷から政治の権限を取り上げてしまったことも大きく影響しているのだろう。天皇や公家たちは、結局は日本の伝統文化の保持に専念するよりほかに生き方がなくなってしまったのである。

渋川春海は、神道や儒学を学んだり、あるいは日本古来の占いの術などにも造詣《ぞうけい》が深

かった。かれは神道を学んでいく過程で、

「人間生活にとって、暦ほど大事なものはない」

と考えるようになった。そして、日本で使われている宣明暦にしばしば誤りが起こることを発見し、一部の識者が唱えていた元の授時暦や明の大統暦に関心を持っていた。そして、

「できれば、宣明暦の誤りを証明し、授時暦、あるいは大統暦に基礎を置く新しい暦を作成すべきだ」

と志していた。その手法として、いま使われている暦に書かれている日食や月食が、実際にその日・その時間に起こるかどうかを確かめるのがいちばん早道だと考え、しばしばそういう論争を起こした。

しかし、古い伝統にしがみつく土御門家をはじめ、暦の作成権を持つ貴族階級は、渋川のいうことなどに耳を傾けなかった。

「とんでもない」

という態度である。

この渋川春海の少年時代にもエピソードがある。かれはあるとき父親にいった。

「北極星は不動だといわれています。しかし、必ず一晩に少しずつ動いています」

父親はビックリした。父親もその方面の造詣が深かったが、やはりいい伝えられてきたように北極星は不動だと信じていた。しかし、春海が小さいときから天文に関心を持

ち、深く研究していたことを知っていたので、

「おまえはなぜ、北極星が動くと思うのだ？」

といった。春海は父親を裏の竹林に連れていった。そそり立つ二本の竹の間から空を示した。

「いま、北極星はこの二本の竹の間にあります。もうすこし経ってからみにきましょう」

そういっていったん竹林から出、一、二時間経ってからまた竹林にいった。そして、さっきの二本の竹の間を示した。父親はビックリした。北極星は、竹の間になかった。移動していたのだ。

「これは！」

春海はニッコリした。

「ほら、本当に北極星は動くでしょう」

といった。

この話は形を変えて、昔の小学校の教科書に載っていた。空で、雲が激しく動き、月の前を掠《かす》める。しかし、下でみる人々の中には、

「月が動いている」

と主張する者もいた。ところがある少年が、

「いえ、動いているのは雲です」

と告げた。大人たちは、

「なぜ雲が動いているとわかるのだ?」

ときいた。少年は、空中に張られた二本の電線を示した。そして、

「あの電線の間をみてください。月は動かずに、雲のほうが動いているのがわかります」

といった。そのとおりだった。二本の電線の間からみると、月はほとんど動かない。しかし、雲のほうは次々と移動していく。大人たちはこの少年の知恵に感心した。

そんな話が載っていた。おそらく、この話を書いた人は、渋川春海の少年時代のエピソードから例を取ったのにちがいない。

徳川家康が、

「今日は月食があると暦に書いてあるのに、全然ないではないか」

と文句をいってからもなかなか新しい暦はできなかった。渋川春海が、いろいろな壁を突破して、「大和暦《やまとれき》」という暦をつくったのは延宝《えんぽう》五年(一六七七)のことである。家康の注文以来、すでに七十二年かかっていた。それほど暦の改正というのはたいへんなことだったのだ。

しかし、朝廷も幕府もなかなかこの暦を採用しなかった。ただ、宣明暦に誤差が多いということだけはしだいにわかってきたので、貞享《じょうきょう》元年(一六八四)三月に、やっと明の大統暦を採用しようということになった。渋川春海は怒った。そして、

「大統暦は中国大陸の暦であって、日本に適用するときには、またいろいろな誤差が生じます。私の正しい暦をご採用ください」

と突っ張った。その結果、勅命が下って、渋川春海の大和暦（貞享暦）が採用されることになったのである。

しかし、大和暦を採用するといっても、その正しさが証明されなければならない。貞享二年（一六八五）五月の月食で、この暦が正しいか間違っているかが試されることになった。そして当日、月食がはじまると、渋川春海のつくった暦の正しさが証明された。勢いを得た春海は、

「中国に文書を送って、暦の誤りを正しましょう」

と勢い込んだが、林大学頭《だいがくのかみ》が、

「そんなことをすれば、中国の感情を害して国際問題になる」

と反対し、抗議を諦めさせた。

大和暦の正しいことが証明されたので、徳川幕府は渋川春海を召し出して天文方に命じた。春海は江戸に出て麻布に住んだ。春海は四十八歳だったという。

かれのつくった大和暦は、それが採用されたときの年号にちなんで「貞享暦」といわれたが、その後宝暦《ほうれき》四年（一七五四）になって、公家の土御門泰邦《やすくに》、学者の西川正休《まさやす》、渋川六蔵らによって改正された。これが「宝暦暦」と呼ばれるものだ。伊能忠敬のころは、この宝暦暦が使われていた。

しかし、この宝暦暦にもすでに誤差が生まれていることが、専門家たちの間で問題になっていた。

大志を実らせた一本の柿の木

高橋至時《よしとき》は、大坂定番の同心の家に生まれた。十五歳のときに父の跡を継いだが、生活はいたって貧しかった。学問好きの至時は、子どものときから天文学や数学に深い関心を持っていた。このころのかれは、すでにπ（パイ）の出し方でも、小数点以下三十桁ぐらいまで計算できたという。至時の少年時代の話は少ないが、麻田剛立の弟子になってからこんなエピソードがある。

かれの家には見事な柿の木があった。秋になると実がなった。至時の家ではこれを売って生活費の足しにしていた。

至時は麻田剛立の塾にきて学んでいたが、夕方、大好きな天体観測の時間になっても落ち着かない。心ここにあらずといった風情だ。師の剛立がみとがめた。

「高橋、どうしたのだ。天体観測にいっこうに身が入らないではないか」

と叱った。至時はすぐ、

「申し訳ありません」

と、観測に励むのだが、どうも様子がおかしい。

（なにかわけがある）

と感じた。実をいえば、夕暮れ時になると至時には心配事があった。それは、かれの家の柿の実を近所の悪童どもが盗みにくるからだ。この時刻は、本当なら自分が見張り番をして悪童たちを追い散らすのだが、剛立の教え方では、夕暮れ時から夜にかけてが天体観測のいちばん大事な時間になる。そのため至時は、天体観測をおこないながらも、

(柿は大丈夫だろうか)

という思いが頭の中から去らなかったのである。だから、観測がすんで大急ぎで家に駆けつけ、柿の実が無事なのをみるとホッと安心するのだった。

ところがある夜、至時が家に戻ると、思わずあっと声を上げた。柿の木がなかった。根元から切り倒されている。ビックリして、妻に、

「柿の木はどうしたのだ?」

ときくと、妻は、

「私が職人に切り倒させました」

と答えた。

「なに!」

目を剝《む》いて怒りの情をほとばしらせると、妻はこういった。

「あの柿の木があると、あなたは落ち着いて麻田先生のところで学ぶことができないでしょう。気が散って、十分に天体観測ができないと伺いました。ですから、あなたの勉強の妨げになる柿の木を切り倒してしまったのです。

柿の木で得る分のお金は私がなんとかいたします。安心して麻田先生のところでお学びください」

そういった。至時は感激した。翌日、麻田剛立の塾にいくと、剛立が、

「おい、高橋、ずいぶん明るい顔になったな」

とからかい半分にいった。至時が「はい」と応ずると、剛立は、

「柿の木がなくなってせいせいしたろう」

といった。ビックリして至時が、

「は？」

と思わず師の顔を見返すと、剛立はこう告げた。

「私が切らせたのだよ。奥さんの責任ではない。奥さんを叱るな」

至時はビックリした。そしてすぐ思い当たった。妻にあんな思い切ったことができるはずがない。

（そうか、柿の木を切れとおっしゃったのは先生だったのか）

いまさらながら至時は、師と妻の協力ぶりに感謝した。

しかし至時の貧乏は依然としてつづいた。師の麻田剛立のところにみな月謝を持っていくが、至時にはなかなかそれが払えない。何度か剛立に、

「来月は必ず持って参りますから、今月はご勘弁ください」

と言い訳をした。剛立はそのたびに手を振って、

「おまえは別に月謝のことなど心配しなくていい」

と相手にしなかった。剛立は面白い人で、むかしは月謝のことをよく洒落《しゃれ》て「肴料《さかな》」と書いて差し出したものだ。そうすると剛立は、本気になって魚を買ってきて、

「おい、みんなで食おう」

といった。

高橋至時の息子が高橋景保《かげやす》である。父の跡を継いで幕府天文方になるが、後年、有名なシーボルト事件を起こす。シーボルトから、外国の地図や科学書を譲り渡してもらうことの代償として、景保は伊能忠敬がつくった日本の地図を渡してしまう。これを、忠敬の親友だった幕府の測量師・間宮林蔵《まみやりんぞう》が告発したという説がある。景保は、

「日本の秘密を外国に漏らした」

という罪を問われ、獄死してしまう。しかし、この事件については後で書く機会があるだろうから、ここでは詳しくは触れない。

剛立のもう一人の弟子で高橋至時の補佐役になった間重富《はざましげとみ》は、大坂の裕福な商人の家に生まれた。家業は質屋である。蔵が十一棟もあったので、屋号を十一屋といった。やがて蔵が十五に増えた。重富は洒落て、「十五楼主人」と称した。

子どものころから数学が好きで、天文にも深い関心を持っていた。金があるから、必要な書物や器械をどんどん買い入れた。長崎を通じて、かれが買い入れた書物や器械が

どれほど麻田剛立や高橋至時たちの役に立ったかわからない。とくに、当時天文学に関心を持つ学者たちにとって、『暦象考成《れきしょうこうせい》』という本は、よだれのたれるような存在だった。それを間は惜し気もなく大枚を投げ出して購入した。そして、師や同門の弟子たちと一所懸命に研究した。

なかなかの発明狂で、かれは子午《しご》線を測定する器械と望遠鏡を組み合わせたりした。伊能忠敬が日本中を歩き回って使った測量器械も、ほとんど重富が考案し設計したものである。日本の電気学の祖といわれる橋本宗吉《そうきち》を発見し、かれにオランダ学を学ばせたのも、間重富だ。

庶民の生活にも関心を持っていて、近畿地方の古い寺や神社に残されている昔のモノサシ（升・はかり）などもサイド・ワークとして調査した。これは、かれの、

「日本の暦は不正確だ。正しくしなければいけない」

という考えをさらに発展させ、

「日本の度量衡はいいかげんだ。もっときちんと統一しなければならない」

と考えてはじめたものである。全体にまじめな学者で、ほかの科学者たちのように、変わったエピソードはない。しかし、間重富の財力や旺盛な研究心があったがために、麻田剛立一門の名が高まったといってもよい。徳川幕府でさえ、

「大坂の町人学者のほうが、幕府の正規の天文方の役人よりもはるかに学問的にすぐれている」

という認識を持つようになったのは、あげて間重富のおかげだといっていいだろう。伊能忠敬は、この間重富にも学ぶようになる。

間重富についていえば、かれの弟子で後に伊能忠敬と深いかかわりを持つ人物が一人いる。久米栄左衛門通賢《くめえいざえもんみちかた》（つうけん）という人だ。讃岐《さぬき》の生まれで、第九代高松藩主松平頼恕《よりひろ》に重用された。とくに、「坂出塩田の開拓」で抜群の功績を残した。〝讃岐塩田の父〟といわれ、現在もその事績は高く評価されている。

この久米通賢が、間重富の弟子として大坂で学んだ。しかし、学んでいるうちに故郷で父が死んだ。通賢は家業を継がなければならなくなった。ずいぶん悩んだらしい。かれは、天文学や測量学にも深い造詣を持ち、メキメキと頭角をあらわしていた。間重富も、

「久米こそ自分の跡を継ぐもっとも有力な弟子だ」

と考えていた。しかし、父が死んで考え抜いた末、久米通賢は故郷に戻った。そして家業を継いだ。しかし、天文学や測量に対する関心は失わず、家業のかたわらでもその仕事をつづけた。やがて、水戸家から高松藩主に松平頼恕が養子としてやってきた。頼恕が藩主になったとき、高松藩は財政難にあえいでいた。これをみた通賢は頼恕に「意見書」を出して、

「こうすれば高松藩は必ず財政を再建できます」

といくつかの案を示した。その中には、砂糖の為替制度や、坂出塩田の開拓などがあ

った。頼恕はこの意見書を取り入れ、久米通賢に坂出塩田の開拓を命じた。これは成功する。

　そのころ、徳川幕府は相次ぐ外国船の往来で「国防」問題を重視し、改めて日本全国の地図の作成を策していた。この御用を命ぜられたのが伊能忠敬である。

　高松藩では、すでに久米通賢に命じ、領内の地図をつくり上げていた。伊能忠敬がやってきたとき、久米通賢が、自分がつくった地図を忠敬に差し出した。一目みて忠敬は驚いた。あまりにも通賢のつくった地図が正確だったからである。とくに通賢は、そのころではまだ珍しい「三角測量法」を駆使していた。三角測量法というのは、実際に川を渡らずに川の幅を測量し、また山を登らずに山の高さを計る方法である。久米通賢はこれを身につけていた。

　伊能忠敬は久米通賢と肝胆相照らした。とくに久米通賢が、自分が師としている高橋至時と同門の間重富が先生だときいて、よけい親しみを持った。

　だが、これはまだずっと先の話である。

第二章　自己の使命に〝本分〟を尽くす

忠敬の〝一生本番〟の人生

さて、伊能忠敬は、佐原《さわら》の伊能家の養子になってから、家業に専念した。そのころかなり傾いていた伊能家の財政建て直しに専念する。そしてこれに成功する。家業を建て直しておいて、はじめてかれは、

「隠居して自分が本当にやりたいことをやろう」

と思い立つ。

そういうことを実行した伊能忠敬という人物の精神の底には、果たしてどんなパワーが潜んでいたのだろうか。

これまでみたようにかれの幼年時代、少年時代、青年時代はけっして幸福だったとはいえない。

父もまた養子だった。九十九里浜で漁業を営み、名主を務めていた小関家に入った。しかし、妻が死ぬと半ば離縁されたような形で生家神保家に戻った。したがって忠敬こ

と三治郎も小関三治郎、神保三治郎と姓を変えた。

神保三治郎はやがて伊能家の養子になる。

忠敬が養子になってからしばらく後に、親戚のひとりが忠敬の性格についてこういうことをいっている。

「気ばかり強くて……」

伊能忠敬に関する人間論は、このことば以外あまり見当たらない。気が強いばかりでというのはどういうことだろうか。

・気が強いだけでなく、自分の言いたいことばかりいう。

・このことは他人の言うことをあまりきかないということを意味し、これでは周囲との調和を欠いてしまう。つまり、人間関係がトゲトゲしく、周囲からは好感を持たれていないことを意味する。

・一方、気は強いけれども、それは表面的なことであって根は優しい。だから、ポンポン強いことをいっても周囲ではそれほど気にも止めないで、あの人はいい人だという印象を持っている。

・気が強くても、それを表にあらわさない。ソフトでもなければハードでもないというような客観的な態度を取りつづける。一見クールで、場合によってはあの人は冷たいといわれかねない。

こういういろいろな例が考えられる。忠敬は果たしてどの例だったのだろうか。おそ

らく最後ではなかろうか。つまり親戚が、

「気ばかり強くて……」

というだけで、その後の評言がない。ということは、忠敬がいわれるようなことを態度で示していなかったということだ。だから、

「気が強くて、しかもポンポン他人に向かって言いづらいことをいう」

ということはあまりなかったのではなかろうか。さらに、かれの科学者精神をもってすれば、やはり世の中の出来事とは一歩距離を置いて凝視するような客観性があったと思われる。そうなると、いちばん最後にあげた姿勢を保ちつづけていたのではないかと思われる。これは周囲にとってすこし煙ったい。つき合いにくい。心を割っていっしょに居酒屋で酒を飲もうという気にはならないだろう。

事実、伊能忠敬にはあまりそういう話は残っていない。

もう一つ。生まれたときから苦労している人間は、得てしてそのことを理由に、社会に対する対抗条件にする。

・社会に対して恨みの気持ちを持ち、折あらば自分が受けた不遇な過去を一挙に取り戻そうとする。それは社会への報復という形になってあらわれる。

・社会への報復といっても、別に徳川幕府や所属する大名家、旗本家の制度をひっくり返そうというのではない。

・報復の多くの例は、他人に向けておこなわれる。

つまり、

「自分は子どものときにこれだけの苦労をしたのだから、大人になってからぜひとも取り戻したい。そのために、小さいときの恨みを世の中に対して晴らしたい」

という考え方だ。多くの立身出世や、のし上がりといわれるような成功者の場合に多い。それも、丁稚小僧にいって商売の経験を積み、一代で成功者にのし上がっていく場合と、

「自分が偉くなるためには、やはり学問を身につけることが大事だ」

と学業の道に向く者とがいる。あるいは、

「いまの世の中で必要なのは、学力よりも学歴だ。自分に箔をつけることが大事だ」

と表面的なメッキのほうに夢中になる人もいる。子どものころの苦労を取り戻そうとする姿勢には、さまざまな姿がある。


伊能忠敬にはこれらのいずれもがない。まったくないといっていい。かれの場合は、

・自分が経験した幼少年時代の苦労は、他人にはまったくかかわりがない。自分一人の体験として始末すべきものだ。

・したがって、自分が小さいときから苦労したといって、それを社会への報復などという形で投げ返すのは間違っている。

・もしそういう遺恨があるとすれば、それは自己向上のためのバネやエネルギーにすべきだ。

・自分が苦労をしたのなら、他の人にそういう苦労をさせないような社会をつくり出すことが必要だ。
・そのためには、自分はこういう苦労をしてきましたなどということを、いっさいひけらかさずに、じっと胸の底に納めて、むしろ他人に微笑みを向け、社会に貢献できるような仕事に努力することが大切だ。
かれはこう考えていた。だからかれが隠居後に、

「自分が本当にやりたいことがしたい」

といって選んだ仕事というのは、趣味や風流の道ではなかった。天文学や測量という、そのまま実社会に役立つような仕事であった。かれの志は、

「いままでは、佐原の名家という桎梏《しっこく》によって、十分に活動できなかった。かなり行動を制限されていた。これからは隠居の身として、純粋に世の中に役立つような仕事がしたい」

ということだ。

今日のことばを使えば、かれの精神というものは、〝生涯現役〟であり、〝一生本番〟であった。〝青春とは年齢ではない、好奇心と情熱だ〟というサムエル・ウルマンの〝青春の詩〟をそのまま実践していたのである。

神保三治郎が伊能家に養子に入ったころ、伊能家はかなり家運が傾いていた。不幸つづきだった。三治郎が九十九里浜の小関村で生まれる三年ほど前に、伊能家の当主だっ

た長由《ながよし》が三十七歳の若さで死んだ。遺族は、妻のタミと赤ん坊のミチ（達）という幼児だった。しかたがないので、すでに隠居して江戸に住んでいた長由の兄昌雄が、

「赤ん坊のミチを伊能家の跡継ぎとする。成人したら婿を取ろう。それまでは私が江戸と佐原を往復して家の面倒をみよう」

と決めた。ところがこの昌雄も、そういう取り決めをした翌年に亡くなってしまった。やむをえず、タミは幼いミチを連れて、南中村にある実家に戻った。

実家は平山家といい、当主は藤右衛門といった。タミの兄に当たる。しかし伊能昌雄が決めた、

「ミチを伊能家の当主にする」

という取り決めは依然として生きていた。そこでミチが十四歳になったときに、タミは再びミチを連れて伊能家に戻ってきた。そして、一族の中から景茂《かげしげ》という若者を選んでミチの婿にした。

ところが、悪いことはつづくもので、この景茂も、間もなく死んでしまった。残されたミチは妊娠していた。景茂が死んでからやがて男の子を産んだ。忠孝と名がつけられた。しかし男の子であっても赤ん坊に家の面倒はみられない。親戚たちは集まって額を寄せた。そして、

「しかたがない。ミチにもう一度婿を迎えよう」

ということになった。そして、

「だれかいい人がいないか」

とみなで物色しているうちに、分家の伊能七郎右衛門が、

「神保家の三治郎はどうだろう?」

といった。三治郎を知っている親戚が、

「あの男はだめだ。定職もなくブラブラして、星ばかりみているそうではないか」

と反対した。ところが、それまでやりとりをきいていた平山藤右衛門は、

「いや、それは三治郎が子どものときから苦労したために、落ち着けないのだ。三治郎の父親もいくじがないから、養子にいった小関家を出て実家に戻った。しかし、必ずしも実家でもこれという実績は上げていない。そんな親をみていれば、三治郎があちこち渡り歩くのも無理はない。根は実直で、なかなか仕事のできる男だから大丈夫だ。三治郎については、私が責任を持つ」

と保証した。

「藤右衛門さんがそこまでいうのなら」

ということになって、それでは神保三治郎をミチの婿に迎えようということになった。神保家では承知した。

後に忠敬になる三治郎が、どういう反応を示したかはよくわからない。しかし、結果としてかれが伊能家に入ったところをみれば、まんざらではなかったのだろう。このころの忠敬は、まだ十八歳である。

伊能家は、永沢家と並んで佐原の「両家」といわれている名門なので、なかなか格式が高く、婿に迎えるといっても条件がきびしかった。そこで平山藤右衛門は三治郎をいったん自分の養子にした。それでもまだ伊能家ではいろいろなことをいうので、平山藤右衛門は平山三治郎となった忠敬を連れて、江戸にいった。そして、かねてから親交のあった幕府の儒者林大学頭鳳谷《はやしだいがくのかみほうこく》に頼んで、「忠敬」という名をつけてもらった。ここまでやってやっと伊能家のほうでは忠敬を婿に迎えることにしたのである。

宝暦《ほうれき》十二年（一七六二）十二月八日、忠敬は平山藤右衛門に連れられて佐原の伊能家に入った。伊能家では親戚が全部集まって待っていた。忠敬が到着すると同時にミチとの婚礼がおこなわれた。

ミチにすれば、二人目の夫を迎えたことになる。しかも、前夫の遺した忠孝という男の子がいる。気持ちのうえではいろいろと複雑なものがあったに違いない。

しかし、家を継がなければならない運命の座に座らされていたので、男に対する選《え》り好みはできない。忠敬に対してどういう感情を持ったかわからないが、ミチは忠敬と婚礼の式を挙げた。

地方のしきたりで、こういうときの振る舞いはたいへんだ。何日もかかって、披露の宴を開く。三日間つづいた祝宴のあと、今度は分家の伊能七郎右衛門に連れられて、親戚回りをした。

佐原の「両家」といわれていたもう一方の家、永沢治郎右衛門《じろうえもん》の家にも挨拶にいった。

昔は、永沢家と伊能家にはそれほどの差はなかったが、当主の経営手腕の違いもあって、近ごろでは永沢家のほうがメキメキと頭角をあらわし、伊能家にかなりの差をつけていた。

忠敬は、はじめは源六と名乗ったが、やがて伊能家の当主に限って名乗れる三郎右衛門に名を変えた。

妻のミチは二十一歳である。姉さん女房だ。同時にミチのほうが、伊能家の相続人だったので、忠敬を迎えたミチの態度に、芳しくない話が残っている。それは、ミチが当主としての誇りを強く持ちすぎたために、たとえば食事をするときも忠敬に、

「あなたは当主の居間で一緒に食事をすることはゆるされません。台所にいって使用人と一緒に食べなさい」

といったというのだ。忠敬は黙ってこれに従ったという話が残っている。しかし、別な人の見方では、

「ミチは、新しく迎えた婿の忠敬によく仕え、貞淑な妻だった」

という話もある。

切羽詰まって神保家から忠敬を迎えたくらいだから、ミチにしてもそんな不遜な態度はとらなかっただろう。ただ、平山藤右衛門のほかは、神保三治郎についてかなりいろいろな噂を立てていたので、ミチはミチなりに不安を持っていたことは確かである。

江戸の長屋でも店子《たなこ》に対して家主は、

「親のようなものだ」

といわれた。地域においても同じだ。名主というのは単に名誉職ではない。いつも住民たちの動向を知り尽くしていなければならないし、何かあればすぐ飛んでいって面倒をみなければならない。本来なら、領主がおこなうべきことを下部で分担しているのだ。

とくに、凶作飢饉があった場合は、すすんで窮民に対し、救済するための合力をおこなわなければならない。合力は米と銭によっておこなわれる。

そのためにはふだんから、自分の生活を切り詰めたり、あるいは家業を拡大してかなり保留金を用意している必要がある。

しばしばおこなわれる窮民救済のための合力は、両家にとっても馬鹿にならなかった。しかし、前に書いたように経営手腕の差によって、永沢家のほうではかなりの合力をしてもビクともしなかったが、伊能家のほうではかなりこたえた。そのため、忠敬が婿に入る前に持っていた江戸の出店も、永沢家に譲り渡すということも起こっていた。

永沢家と伊能家の間には、その富の度合いにおいてジリジリと差がつきはじめていた。それだけではなかった。永沢家のほうは、経営手腕の見事さによって凶作飢饉のときは思い切った合力をするので、地域住民が喜んだ。

「伊能様にくらべると、永沢様のほうが気前がいい」

と噂された。このことを、

「永沢家の佐原地方における善行」

といって、江戸の評定所前に設けられていた目安箱（投書箱）に投書する者がいた。

幕府首脳部は、

「近ごろ奇特なことだ」

と感じ、永沢家の当主を呼び出して、

「その方一代に限って帯刀をゆるす。さらに、子々孫々まで苗字を名乗ることをさしゆるす」

と告げた。善行の褒美として銀十枚もくれた。たいへんな名誉である。

以後、永沢家の当主は堂々と、「永沢」と姓を名乗れるようになった。公式行事に出席するときは必ず刀を差した。

一般に、武士以外の日本人が姓を名乗れるようになったのは明治維新後だと思われているが、本当はそうではない。江戸時代でも武士以外の人間で姓を持っていた者はたくさんいた。ただし、名乗ることができなかったのだ。

伊能家も姓はあるが、正式には名乗れない。これは永沢家のほうでも同じだ。だから地域では「佐原の両家」といわれても、公式には伊能家の当主も、永沢家の当主も、

「農民三郎右衛門」

であり、

「農民治郎右衛門」

であった。したがって永沢家のほうが苗字を子孫まで名乗ってよいといわれたのは、昔から持っていても正式に名乗ることができなかった姓を、埃を払って世の中に差し出すことを認められたということである。

一方、伊能家のほうは、伊能という姓を持っていてもまだそういう許可が得られないから、あらゆる公式文書や公式の場で名乗りを上げる場合には、

「農民三郎右衛門」

としかいえない。

こういうように、財政面においても差がつくと同時に、家の格においても伊能家は永沢家にしだいに差をつけられはじめた。忠敬が養子に入ったときは、そういう事情もあった。したがって伊能家一族が忠敬に期待するのは、伊能家の財政を建て直すと同時に、家格を永沢家に一日も早く追いつかせ、できるならば追い越すようなことをしてほしいという期待があった。

養子の忠敬に懇々とそういう話をしたのは、分家の伊能七郎右衛門であった。いったん自分の養子にした親戚の平山藤右衛門も、

「そのとおりだ。しっかりしろよ」

と励ます。忠敬にすれば、あまり心の弾む話ではない。財政建て直しだけでも容易なことではないのに、

「一日も早く永沢家の家格に追いつき、それを追い越すようにしろ」

などといわれても、いったい何をどうすればいいのか見当がつかない。忠敬は、しかし心の内をあまり外に出すような性質ではないから、

「わかりました。努力致します」

と殊勝に答えた。忠敬に限らないだろうが、こういう事情を抱えた家に婿として入る人間は、悪いことばを使えば〝機関〟あるいは〝機能〟としてみられることのほうが色濃く、妻となる女性との愛情など二の次だった。

まず能力が問題とされた。その意味では忠敬は未知数だった。というよりも、むしろマイナスの評価がされていたかもしれない。

「いつも空の星ばかりみていて、ソロバンをいじくっては天と地の距離を計るようなことばかりしている男だ」

とみられていた。早くいえば現実離れした人間だとみられていたのである。

妻になったミチがはじめのころ、婿の忠敬を迫害したというような話が残っているのは、ミチ自身の忠敬に対する感情が、親戚全体が持っている平均的な先入観に支配されていたということだろう。これは当然だ。親戚の人間は、たまにしか忠敬と会わない。しかしミチはずっと一緒にいなければならない。

(果たして新しい婿殿は、どんな人間なのだろうか)

ということはミチにとって大問題であった。また、彼女には先夫の子がいた。

(この子に対して、新しい婿殿はどんな気持ちを持つだろうか)

これも心配の種の一つである。

しかし、十八歳の忠敬は、そういう点は恬澹《てんたん》として乗り越えていた。忠孝は弟のようなものだ。忠敬はごく自然に振る舞い、可愛がった。忠孝もなついた。ミチはホッとした。忠敬はミチに対しては、ミチが年長なせいもあって、まるで姉に対するような態度をとった。

「私は、佐原のことも伊能家のことも何もわからない。いろいろと教えてください」

はじめての夜、忠敬はそういって正座し頭を下げた。ミチの胸は思わず熱くなった。

「そんなことをおっしゃらないでください。ふつつか者ですがどうかよろしくお願いします」

布団から畳の上に身を移し、ミチも丁寧に頭を下げた。

生まれ育った土地ではなく、土地勘もまったくない忠敬に対し、親戚は相談をした結果、

「当分の間、分家の伊能七郎右衛門が忠敬の補佐をする」

ということになった。忠敬にとってはありがたかった。

「何でも、おまえ一人でやってみろ」

と突き放されたのではかなわない。素直な忠敬の態度に、七郎右衛門も喜んで面倒をみた。

しかし、日が経つにつれて忠敬は一つのことを知った。それは七郎右衛門が予想以上

に、永沢家との家格の差を気にしているということである。村の状況や、伊能家の財政のことを話しても、必ず最後には、

「早く、永沢家を見返してくれ」

とつけ加えることを忘れなかった。それが七郎右衛門のいまの生き甲斐のようだった。そしてそのすべてを、

「新しい婿殿が実現してくれる」

と信じ込んでいるのだった。


何をいっても反論しない忠敬の態度に、七郎右衛門はときどき飽き足りないものを感じたが、忠敬はいい加減に聞いてるのではない。じっと相手の目をみつめて、ときおりうなずく。けっして、間の手は入れない。忠敬には、

「他人の話は、最後まで聞かなければだめだ」

という性格があった。これはかれが天文学や測量学に関心を持っていて、小さいときから一種の合理精神を身につけていたためだ。

(他人の話を途中でわかったふりをしたり、あるいは早呑み込みをして結論を出したりすると、問題の本質を間違えてしまうことがある)

ということを、理論的にではなく、感覚で知っていた。そういう忠敬の態度が不思議でならないのか、七郎右衛門はあるとき、

「あんたは、まるで星のようだな」

といった。

「星のよう？」

きき返す忠敬に七郎右衛門はうなずいた。

「そうだ。夜空にキラキラと輝いているが、どこか光が冷たい。この地上まで届かない。星の光は、天の途中で消えてしまう」

そんなことをいった。忠敬は微笑んだ。そして、

「叔父さんは面白いことをいいますね」

と応じた。

しかし忠敬はそのときの七郎右衛門のことばを、いつまでも頭の隅に刻みつけた。

（いわれてみれば、たしかにそのとおりかもしれない）

という思いが忠敬にもあったからだ。

この家に婿にくるまでの忠敬の半生は、けっして幸福とはいえない。子どものときから心の冷えるような経験をたくさん重ねてきた。それは大人の世界における些事を原因とする醜い争いの数々である。

（そんなことぐらいどうでもいいじゃないか）

子供心でさえそう思うようなことを、大人たちは本気でいい争った。争うときの事柄の内容や使うことばが聞き苦しい。そのたびに忠敬の胸の樽の中に、ポトリと冷たい雫《しずく》

が落ちた。冷たい雫はいってみれば一種の〝無常観〟である。その無常観の雫は、いままでは、胸の樽の中にかなりたまっている。歩くたびにピチャピチャと音をたてるような気がする。

そしてその音をきいたとき、忠敬の胸の中はいいようもなく冷えるのだ。冷えるというよりクールになる。物事の実態がみえてくる。事の真実があらわれる。胸の中の樽にたまった無常観の水は、忠敬に子どものときから世の中をみるのに一定の距離を置かせた。客観性だ。

九十九里の小関村や、父の実家の神保家に帰っても、そういう大人たちの争いは依然としてつづいた。

朧気《おぼろげ》ながらわかることは、小関家では財産の相続に関することのようだったし、それに対する父の相続人としての不適格性が論議されていたような気がした。

神保家でも同じである。本来なら、小関家の財産を継いで独立してもいいはずなのに、養家から返されたのは、やはり父の能力や性格に欠陥があったのではないか、ということがしばしば論議された。そのたび父は苛立った。プイと立って、誰かを相手に囲碁を打つ。そういう孤独な父の姿をみていると、子の忠敬の心はいいようのない悲しみに満たされた。

そういうことがあった日の夜は忠敬は決まって外に出た。九十九里の小関では、海に近いところにいった。好きな場所があった。そこから天を仰いだ。晴れている日は、あたりが真っ暗だから満天の星だ。忠敬はすでに知っていた。

「星はけっして不動ではない。いつも動いている」

長年不動といわれていた北極星でさえ、すこしずつ移動する。

「なぜ星は動くのか？」

そういう疑問が湧く。また教えられたところでは、地球は毎日自分で回転しているという。そうなると、夜になったときは地球の上に住む人間は足が上で頭が下になっているはずだ。にもかかわらず、頭に血が上らず、ふつうの暮らしができるのはなぜか。そんな子どもらしい疑問が次々と湧く。

やがて忠敬が知ったのは、

「この世界はバランスによって保たれている」

ということである。どういう理屈でそうなっているのかわからない。しかし、現実にこの世界が崩壊していない以上、それはなんらかの均衡を保つ力が働いて、それぞれの星も地球も月も太陽も、それぞれの場で生きているのだ。

物知りに聞いたところでは、すでに星の中では死んでしまったものもあるという。しかし死んでも星は宇宙に浮いている。そして太陽の光を受けて輝く。自ら光を発する星もある。

（不思議だ）

空を仰ぐたびに、忠敬はそう思う。さすがに雨の日は外に出なかったが、晴れていれば忠敬は必ず外に出て星をみた。

いい伝えられている星たちが集まってつくる星座についても、いくつかのことを知っていた。南の空には、三つの星がいつも仲よく組んでいる。三つ星と呼ばれていた。しかしその三つ星も、よくみれば時が経つにつれて、場所が移る。あるいは、縦になったり横になったりする。北の空には、柄杓《ひしゃく》の形をした七つの星がある。その星のある部分を五倍たどると北極星に着くと教えられた。

星の群れはいくらみていても飽きない。そして、暗い九十九里や小堤村は、いまのようにネオンの光も灯火もない。夜になれば真の闇が訪れる。それだけ星たちにとっては輝く座が得られる。天はまるで星たちの踊り騒ぐ芝居小屋だった。

どういう理由かわからないが、星は自分の力、あるいは何かの力によってバラバラになることなく、お椀を伏せたような天で、それぞれ生きる場所を持っている。

(不思議だ)

そう思う忠敬の心は、しだいに宇宙の神秘ということに思いが達していった。

「この世を支えているのは神秘なのだ」

神秘なのだから理屈ではない。それを人間の知恵はどこまで追究することができるのだろうか。そういうテーマも子どものころから忠敬の頭の中に刻みつけられていた関心事であった。

天上の星に対する神秘感は、かれの人生観にも大きな影響を与えた。分家の伊能七郎

右衛門が、

「おまえさんはまるで星のようなところがある」

といったのは、忠敬の胸の中に刻みつけられた神秘を土台にした人生観を感じ取ったからかもしれない。それは、この世に対して一種のバランス感覚を持ちつづけるということであって、けっして一つのことにのめり込んだり、あるいは感情に走って真相をみあやまるようなことはしない。あくまで冷静に、論理を駆使しながら、真実に迫っていく。その迫力は、まさに星の輝きだ。鋭い。しかしどこか冷たい。太陽のような情感はない。それが七郎右衛門には物足りなく思えたのかもしれない。

こういう伊能忠敬の人生観は、イギリスの作家サマセット・モームが書いた『人間の絆《きずな》』の主人公が持ったものによく似ている。

『人間の絆』という作品は、ずいぶん前に中野好夫先生が訳されて、三笠書房から出版されていた。

主人公はフィリップといった。フィリップの子どものころからの精神の軌跡をたどったものである。そしてフィリップがある日、ある人の影響によって一つの人生観を打ち立てるところでこの小説は終わる。フィリップに影響を与えた人物はクロンショウという放浪哲人だった。この人物は、独特な人生観を持っていた。そして伊能忠敬が感じたようなことを口にする。クロンショウはあるときフィリップに次のような意味のことをいう。

「この宇宙は、不思議な力によってバランスが保たれている。多くの星が恒星と惑星に分かれ、それぞれの軌道をたどっている。しかし、空中衝突をすることはない。何かの力が整合しているからだ。

人間はその宇宙の一惑星に生まれた小さな存在でしかない。多少のことが起ころうと、そんなことに何の意味があるのだろうか。この地球の上で、あるとき条件が整って人間は生まれた。また条件が整えば死ぬ。そういう繰り返しだ。生命あるものはみな、そういう繰り返しを営んでいる。つまらないことをくよくよ考えてもしかたない……」

記憶で書いているので、正確にはこのとおりの文章であったのかどうかわからない。私は青年時代にこの本を読んだとき、そういう受けとめ方をした。

またクロンショウはこんなこともいう。

「人間の一生は、ペルシャ絨毯《じゅうたん》を織るようなものだ。人間はそれぞれ自分の好きな糸を選べる。そして大切なのは、どういう糸を使ってどういう絨毯を織るかと生命を燃焼させているときだ。

織り上がった絨毯がどういうものになるか、どういう値で売れるかということはいっさい関係ない。人間にとって大事なのは、織っている時の白熱した生命の燃焼状況のときだ」

これも正確な文章ではなく、そういうふうに受けとめた。

この本は上下二巻に分かれていたが、中野先生は下巻の解説のところで、

「こういう人生観は底が浅い」

　とピシッといい切っておられる。しかし、ある人々には魅力のある考え方だ。つまり、子どものときから自分自身に原因があるわけではなく、いわばいわれのない苦労を押しつけられた人間たちにとって、

「人間なんて、宇宙の一惑星の中に条件が整って生じた虫と同じ存在だ。それなのに何をくよくよ毎日思い悩むのだ」

　という言い切り方は、大いに力を与えてくれるにちがいない。つまり、

「そうか、それなら自分も生きていていいのだ」

　と生に対する自信と励ましを受け取るのではなかろうか。また、

「人間の一生はペルシャ絨毯を織るようなものだ。一人ひとりが好きな糸を選んで織りつづければいい。大切なのは織っているプロセス（過程）であって結果ではない。織っている過程にこそ生命の燃焼感が得られる。どういう絨毯ができて、どういう値で売れたかは、いっさい考える必要はない」

　という考え方も、大いに励ましになる。このことは現在日本でしきりにいわれる「生涯学習」に当てはめて考えることもできる。つまり、

「生涯学習の目的は、そのときそのとき、何かの問題について努力している状況が大事なのであって、その努力状況こそ生命の燃焼といえる。その燃焼感を得ることが大事なのであって、何を完成させ、何をつくり出したかは問題ではない」

もの書きである筆者の私事にこの考え方を引きずり込めば、

「もの書きは、ものを書いているときがもっとも大事なのであって、でき上がった作品がどういう評価を受けるかは考える必要はない」

ということである。作品はそれなりの運動法則を持って一人歩きする。自分ではどうすることもできない。他人が決めることだ。

これは一種の精神の解放論だ。いろいろな人間世界における桎梏《しっこく》によって縛られている人間を、その桎梏をバラバラに切り払ってくれるということだ。

まして宇宙を相手に生きている忠敬にとっては、人間世界のちまちました煩《わずら》わしいことは、他人はどう思おうとかれ自身にとっては大きな問題ではなかった。

「宇宙の運行に比べれば、人間世界の出来事など目ではない」

という感じを持っていたのである。

しかしこれは間違いだった。そういうことを、忠敬はこの後何度も経験する。いやというほど思い知らされる。

その最初の事件が、佐原の牛頭《ごず》天王の山車《だし》事件であった。

〝指導者〟としての自分を実証した見事な危機管理

地域の村落共同体でいちばん大切な行事はなんといっても祭礼だ。佐原でいちばん大きな祭は、牛頭天王社の祭だった。牛頭天王を祀る社は、別に〝祇園〟と呼ばれる。京都の八坂神社が〝祇園さん〟と呼ばれるのも、祭神が牛頭天王だからだ。忠敬が窮地に追いつめられたのは、明和《めいわ》六年（一七六九）の牛頭天王社祭礼のときである。かれは二十五歳になっていた。

このころのかれには、婿に入った翌年の宝暦《ほうれき》十三年（一七六三）に長女のイネが生まれ、さらに二十二歳になった明和三年（一七六六）に長男の景敬《かげたか》が生まれていた。ミチが産んだ先夫の子は、イネが生まれた年に死んでいた。

明和（一七六四〜七二）から安永（一七七二〜八一）、安永から天明（一七八一〜八九）にかけては、諸国のあちこちで、天災や人災が起こり、農民たちは苦しんだ。佐原でも、明和三年には凶作で忠敬は窮民救済のためにかなりの合力をした。

そういう状況だったので、佐原村では村役人たちが寄り集まって相談し、五月中旬に各町に対して回状を出した。

「近年は不作で農民が難儀をしている。それにつれて、商人たちも不景気で困っている。こんなときに祭礼で大騒ぎをすることは時世に合わない。みんなが迷惑する。そこで倹約に心がけて、けばけばしい飾りなどはつくらないようにしよう」

しかし不景気なときほど鬱屈した気持ちを発散したいのが人情だ。各町会の人々は村役人の回状の指示を守らなかった。勝手にけばけばしい飾りをつくりはじめた。

それは一つには当時の飾り物は、現在のように専門の職人がつくるわけではなかったからだ。村民たちが思い思いに、そのへんにある藁や竹や天草《てんぐさ》などを原材料にして手づくりのものをつくった。飾りも、菊、猫、虎、相撲などをあしらったもので、後世のように神武《じんむ》天皇や仁徳《にんとく》天皇やスサノオノミコト、さらに楠木正成《くすのきまさしげ》などは出現していなかった。こういうものが出はじめたのはおそらく明治以降だろう。

当時、佐原村の祭礼などを取り仕切るのは「両家」だ。つまり伊能家と永沢家である。伊能家のほうは忠敬が跡を継いでまだ若い。そして永沢家のほうも先代が死んだばかりで若い当主が跡を継いでいた。つまり、この年の祭礼は若い二人の名主が取り仕切ったのである。そのため、町の人々もなかなか言うことを聞かなかった。とくに伊能忠敬についてはまだその実力がよくわからない。

「他所《よそ》からきた婿殿が、何をいうか」

というような感情もあっただろう。地域社会における噂の伝達は早い。

「伊能家の婿殿は、いつも空の星ばかりみている男だそうだ」

そんな忠敬を変わり者だとみる噂もかなりいき渡っていたはずだ。そうなると、忠敬にとってははじめての祭礼の取り仕切りは、地域の人々にとって、「お手並み拝見」ということになる。

祭を贅沢なものにせず、質素におこなうということは、永沢家の新しい当主も同じ考えだった。だから二人が出した指示に従わず、村人たちが各町単位でかなり贅沢な山車《だし》の飾り物をつくっていることには、苦々しい気持ちを持っていた。

そういう飾り物をつけた山車の繰り出し方には、しきたりがあって、

「今年はどの町がいちばん先に出る」

というルールが決められていた。ところが、仕切りの二人が若いので、地域全体の空気が、

「どこの山車がいちばん最初に出てくるかわからない」

という緊迫した空気が漂い出した。二人は慌てた。そこで急遽相談した二人は、

「それぞれの組について、絶対に勝手な山車の出し方をしないように説得しよう」

ということになった。担当区域は、伊能忠敬が本宿組《ほんじゅく》、永沢家のほうが浜宿組《はまじゅく》である。

若い当主はそれぞれお互いを意識したから、

「自分のほうからは絶対に山車を出させない」

と意気込んだ。伊能忠敬は、不思議な説得力を持っていたようだ。あれだけ熱気を孕《はら》み、一時は、

「伊能家の新しい婿殿の言うことなど聞くものか」

と凄んでいた連中も、意外にあっさりと納得して折れた。本宿組のほうの山車はピタリと鎮まり、

「村役人様のご指示を待とう」

と冷静になった。

午後三時ごろ、本宿組の若者が、伊能忠敬のところに駆け込んできた。

「浜宿組が約束を破りました！」

「なに！」

驚いた忠敬は、本宿組の地域に駆けつけた。若者の言ったことは正しかった。すでに河岸《かし》に山車は引き出され、賑やかな囃子の音とともに、大通りに向かいはじめていた。忠敬はさすがに怒気を満面に漲《みなぎ》らせ、永沢家の当主に食ってかかった。

「約束したばかりじゃないか！　これはいったいどういうことだ？」

永沢家の当主も確かに約束をしたことなので、しきりに謝った。しかし、本宿組の連中は、永沢家の当主が謝っただけでは納得しない。

「こっちも山車を出す！」

そういい張った。忠敬はビックリして、

「それだけはやめてくれ」

と頼んだ。両方から山車を出せば、大通りで激突することは目にみえている。大喧嘩がはじまる。流血騒ぎも起きるだろう。

忠敬は必死になって自分の組の連中を説得した。しかし本宿組は納得しない。あくまでも浜宿組が先に山車を出したことに咎め立てをして、

「おとしまえをつけろ！」

とわめく。忠敬は決断した。永沢家の当主に向かって、

「悪いが、おたくとは義絶する」

と宣言した。これには騒いでいた本宿組の連中もビックリした。しかし、もちろんい

ちばんビックリしたのは当の永沢家の当主だ。

「義絶？」

「そうだ」

「そんな例はいままでにないぞ」

「だから私がはじめてつくる。そうしなければ、私の組が収まらない」

「そんなことをされては永沢家の面目にかかわる。義絶だけはやめてくれ」

「そうはいかない。この事件はそれだけの意味があるのだ」

忠敬は引かなかった。このへんは分家の伊能七郎右衛門がみて、

「気ばかり強くて……」

と感想を漏らしたことにつながる。

永沢家の当主はみるもみじめな表情になった。

自分の家はすでに幕府から苗字帯刀をゆるされている。善行を誉められて褒美に銀十枚ももらった。公式行事のときには、いつでも苗字を名乗り刀が差せる。今日がそうだ。永沢家の当主は裃を着て、脇差を差していた。堂々と「永沢治郎右衛門」と名乗って、いろいろな指示を与えている。それが、まだ農民三郎右衛門としか名乗れない伊能家の当主から、逆に義絶を申し渡されたのだ。こんな不名誉なことはない。

しかし伊能忠敬はとりなす者のいうこともきかなかった。腹の底では、

（いまさら何をいうか）

という気持ちもあった。こうして、伊能忠敬は祭礼事件で両家の一方に義絶をいい渡してしまった。

しかしこの日、忠敬は考えた。それは、

(自分自身にも反省することはたくさんある)

ということである。それは、九十九里の小関村以来、ずっと天をみつづけてきて培《つちか》った人生観が、大きく音をたてて崩れたからだ。

・村には村の暮らしがある。

・それがどんな理不尽なものでも、村の人々はそれを絶対なものとして守り抜いている。

・そのしきたりには歴史的年月の積み重ねがあって、一朝一夕では壊せない。

・それが地域には一つではなくたくさんある。今度の祭礼事件もその一つだ。

・そこへいくと、自分は佐原村にきて以来、佐原村のそういうしきたりの数々についてなんの知識も持っていない。同時に、積極的にそのことを知ろうと努力しなかった。

・今回の事件は、自分自身がそういう努力を怠った結果起こったことだ。

こう考えた。そうなると本来、永沢家の当主には罪はない。忠敬自身がそういう反省をするのなら、忠敬が自らを罰しなければならない。しかしそれができない。できないところがまたこの世のしきたりなのだ。

理屈では整合できなくても、本宿組の意地を通すためには、心ならずも永沢家の当主を義絶しなければならない。たとえいままでに例がなくても、新しく例をつくってまで本宿組の誇りを守らなければ、忠敬の名主としての存在意義はなくなる。

この世の中も、不整合でいっぱいなのだ。その不整合を、どう整合していくかが、いわゆる政治力である。名主はそれを求められた。整合できないから、結局は義絶という非常手段をとって、この危機を回避しなければならなかった。

なんとも後味の悪い始末であった。

しかし、この事件を経験したことによって、伊能忠敬は、

「何事も地域の古いしきたりを是非を問わず知り尽くすことが必要だ。それには古い記録を読むことが欠かせない」

と感じた。この感じ方は、忠敬のその後の生き方にも大きく影響を与える。つまりかれは、「記録による実証主義」の大切さを感じ取ったのである。それは、

・古い記録を読んで、事実を知り尽くす。

ということと、

・いま起こっていることをきちんと記録して、後世の参考に残す。

という両面における努力の発心であった。このことをさらに切実に感じさせるような事件が、引きつづいて起こった。それが「佐原邑河岸《むらかし》一件」である。

事件が起こったのは明和九年（一七七二、改元して安永となる）のことだった。忠敬

は二十八歳になっていた。

そして、この年はすでに将軍の側用人《そばようにん》（将軍に近侍し、将軍の命を老中に伝える役）として権勢を奮っていた田沼意次《おきつぐ》が、老中になった年でもある。ということは、有名な田沼政治の幕が切って落とされた年に当たる。

第三章　新しい〝自分〟の発見

忠敬の生きた時代――田沼政治――

田沼意次の政治は、後世〝汚れた政治〟といわれた。落首が詠《よ》まれた。

田や沼や汚れた御世を　改めて
清く澄ませ　白河の水

これは引っかけであって、〝白河の水〟というのは、奥州（福島県）白河藩主松平定信のことを指す。松平定信は、享保《きようほう》の改革を展開した徳川吉宗の孫に当たる。吉宗は、紀州和歌山出身だったので、

「これからの将軍は、全部自分の血筋の者に継がせたい」

と考えた。そこで新しく二つの家を興した。田安家と一橋家である。吉宗の子どもの世代になると、もう一つ清水家というのができる。これを尾張、紀州、水戸のいわゆる

〝御三家〟に並べて、〝御三卿〟といった。

田安家はその御三卿の筆頭の家になる。田安家に生まれた定信は子どものときから非常に英明で、また人格が高潔だという噂が高かった。

巷間では、

「田安定信様は、やがて将軍におなりになる方だ」

とまでいわれていた。この巷間の噂に、目くじらを立てたのが、一橋家の当主治済《はるさだ》だった。治済は、

「自分の息子家斉《いえなり》を将軍にしたい」

という野望を持っていた。そうなると田安定信の存在は邪魔になる。そこで、将軍の側用人としてめきめき力を発揮しはじめていた田沼意次と相談し、突然、田安定信を奥州白河の松平家の養子に押し込んでしまった。有無をいわせぬ強引な方法であった。

田安定信は、こうして厄介払いされ、将軍になる資格を失った。しかし、白河にあっても潔癖な政治をおこなったので、〝白河の水〟として、汚れた田沼政治浄化の期待を担ったのである。

しかし田沼政治は、そういう汚れた一面だけをとらえての批判だけではすまないものを持っている。経済政策としては、いまの世でも参考になるようなことを、ずいぶんとおこなっているからだ。

江戸時代を通じて、徳川幕府や大名家の経済政策は、すべて〝米経済〟である。毎年

米を大坂に運んで、堂島で立てられる米相場によってほかの物価を決めた。しかし現実には、貨幣経済がどんどん進行していた。それにともなって商人の力が加わっていた。
「大坂の商人が一度怒れば、全国の大名が震えあがる」
とさえいわれていた。商人の中でも財力のある者は金融業をはじめ、いわゆる〝大名貸し〟もはじめていた。大名たちは、巨額の借金を抱え、商人たちに頭が上がらなかった。

にもかかわらず、徳川幕府や大名家は、米経済という時代にずれた経済政策を改めようとはしなかった。

田沼意次は、この米経済を改めた。まず、かれの政策は、

・米経済を貨幣経済に改める。

ということは、重農主義を重商主義に切り換えるということである。そして、

・国内資源を見直し、付加価値を加える努力をする。

・長崎における貿易を活発化する。場合によっては、オランダと中国の二か国に限られた対象国を、イギリスやロシアやフランスにまで広げる。

・新田を開発する。そのために荒れ地を開くだけでなく、涸れ沼を埋め立てる。手賀《てが》沼や印旛《いんば》沼を対象とする。

・埋め立ては商人の合同企業体によっておこなう。資金を出した商人には、新しく開かれた田からの収穫物の一部を与える。

・商業活動は極力商人による株仲間を奨励する。株仲間には運上《うんじょう》を課し、また冥加金《みょうが》の献上を命ずる。

という画期的なものであった。

信じられないことだが、江戸時代は商人に税金はかかっていない。所得税とか法人税とか事業税というのはない。それは、儒学から影響された身分制に基づいている。江戸時代は、職業について次のような考えが保たれていた。

武士　農民、商人、職人たちいわゆる三民に対しての政治をおこなう。

農民　土を耕し、米ほかの農作物を生産する存在。

職人(工)　農民の必要とする農工具や、武士・庶民が必要とする生活工具を生産する存在。

商人　自らは何も生産することなく、他人が生産した物をただ動かして利益を得ている存在。

いわゆる「士農工商」という考え方だ。したがってこの考えにこだわる以上、商人は社会のいちばん劣位に置かれ、

「金を扱う卑しむべき存在」

とされた。だから武士はいくら貧乏しても、

「武士は食わねど高楊子」

などと嘯《うそぶ》いて、商人を馬鹿にしていたのである。

ところが、実態は商人から金を借りて、いつ返そうかと頭を悩まし、催促があれば米つきバッタのようにお辞儀をして弁明しなければならないような立場に追い込まれていた。そのことは誇り高い武士によけい屈辱感を与えた。

こういう身分制度を保つ以上、馬鹿にしている商人に税金をかけることはできない。税金をかければ、

「否定している商行為を肯定することになる」

からだ。実に馬鹿げた理屈である。

田沼意次はこのような考えを捨てた。発想の転換だ。

「現実は商人の金の力によって動いている。無視するわけにはいかない。それなら商人の活動を認めたうえで、税を納めさせるべきだ」

そう考えた。かれは、隠れ売春婦にまで運上を課したといわれる。これにはさすがの幕府の連中もあきれ、

「いきすぎではないか」

と忠告した。しかし田沼は、

「そんなことをいっても、現実に江戸町奉行所で隠れ売春婦を取り締まることができないではないか。それを必要とする客もいるのだ。事実は事実として認めたほうがいい」

といい切った。かなり割り切った考え方をする政治家だった。

こういう現実重視と、さらに重商主義をとる以上、田沼にすれば、

「商人からも税を取るべきだ」

と考えるのは当たり前のことだった。しかし、課税客体を商人個人とするのではなく、株仲間としたのは、つまりいまでいえば合同組織を徴収義務者に指定したということである。株仲間に、

「おまえの仲間はこれだけの税を納めろ」

と命じた。これが〝運上〟だ。このほかに田沼は、

「商人が商売をして利益を得られるのも、その身が冥加《みようが》（幸運）だからそうなるので、礼金として冥加金を出せ」

と命じた。運上のほかに株仲間は冥加金を出した。いまでいう政治献金である。運上のほうは、幕府のほうから強制的に徴収する税であり、冥加金は商人が自発的に納める税だ。いずれにしても、画期的なことであった。

田沼意次のこの経済政策が佐原地方に及んできたというのは、田沼が、

「日本のあらゆる河川などで、水運の基地になっている河岸には、それなりの利益がある。運上を納めさせるべきだ」

と命じたからだ。もちろん日本のあらゆる河川といっても、大名の私領になっているところには手はつけられない。いわゆる天領と呼ばれる幕府直轄地に限る。たまたま佐原地域は旗本の領地になっていた。幕府の公領地である。そのため、佐原も新しく運上をかけられる対象に選ばれたのだ。

いわゆる天領と呼ばれる幕領地にはそれぞれ代官所が置かれ、代官が赴任していた。田沼意次が老中になって間もなく、佐原村の年番名主のところへ代官所から通達がきた。

「このたび河岸運上の調査をするから、名主、組頭、農民代表は出頭せよ」

という内容だった。伊能忠敬も代表として代官所に出頭した。代官はこんなことをいった。

・このたび新しいご政策で、利根川筋の河岸場に新しく問屋を公認することになった。

・しかし、公認した問屋からは運上金を取り立てる。

・今回の呼び出しは、そのための調査である。

佐原でも確かに水運の事業をおこなってきた。河岸には問屋があって、運ばれてきた荷物を馬で他地域に運んだり、あるいは陸路を運ばれてきた荷物を船に乗せて送り出すなどの仕事をする。この際、いろいろな手数料や運賃を徴収する。そして、船持ちや馬持ちに、その運賃を渡す。すぐ運べないときは荷物を預かる。そのためには倉庫が必要だ。倉庫に品物を預かったときには預かり料を取る。

こういう仕事は財力がなければできない。いきおい、佐原でも伊能家や永沢家のような財力のある商家が、倉庫を建ててこの仕事をおこなってきた。いわば非公認の問屋だった。しかし、代官の通達によれば、今後は幕府の公認がなければ（ということは代官の承認が得られなければ）問屋業も営めないことになる。

「どうするか」

代官所を出て村に戻った村役人たちは額を集めた。問題点は、

「新しく運上金を徴収されると、船賃や馬賃や倉庫の預かり金が高くなる。これでは、そういう仕事をしている人々の利益が少なくなって、負担に耐えられないのではないか。料金を上げれば、今度は品物の主が迷惑することになる」

ということである。裏を返せば、

「佐原では、問屋を公認してもらいたくない」

ということだ。しかしこれは虫がいい。問屋を公認してほしくないといっても、問屋事業はつづける腹だ。そうしなければ佐原の町は立ちゆかない。しかしそんなことを幕府が認めるだろうか。ぐずぐず相談しているうちに、付近の地域では次々と公認の問屋が生まれた。年の暮れ近くになって、煮え切らない佐原の態度に業を煮やした代官は、勘定奉行に訴えた。

「佐原では、問屋の公認と運上金納付に反対しております」

怒った勘定奉行は、

「至急、佐原の代表は出頭せよ」

と命じた。誰も代表になりたがらないので、やむをえず伊能忠敬と永沢治郎右衛門たちが江戸に上った。

このとき忠敬の意見で、佐原村で扱っている品目を全部書き出した。忠敬が祭礼事件

で感じた〝実証主義〟の一端がこのときからあらわれはじめる。勘定奉行所にこの書類を出して、

「このように、佐原村で扱う品物が少のうございます。また、佐原村は利根川からかなり離れていて、河岸はございません。どうか運上はおゆるしください」

と頼んだ。すると奉行所はこういった。

「わかった。それでは今後佐原村は、いちばん近い隣の河岸の問屋で荷物を扱うようにしろ」

事実上、佐原における水運業務の禁止を命ずる内容だ。これには代表も頭を抱えた。佐原に戻って改めて相談した。関係者たちは意見を統一し、

「この際、永沢さんと伊能さんの両家で、公認の問屋になってはもらえまいか。多少の運上を納めることはやむをえない。そうしなければ、佐原の水運業務が全部停止されてしまう」

そう頼んだ。伊能三郎右衛門（忠敬）、伊能茂左衛門、伊能権之丞、そして永沢治郎右衛門の四人に公認問屋になってほしいということになった。

祭礼事件で、伊能忠敬は、永沢治郎右衛門に義絶を宣言していた。その後、伊能権之丞が中に入って二人は和解した。忠敬も早く永沢家とはよりを戻したいと思っていたので、すぐ応じた。しかし、そのわだかまりが永沢家のほうに残っていたようだ。衆議によって、四人の代表が公認の問屋になるという話がいったんまとまったが、すぐ永沢家

では、

「私のところは抜けたい」

と申し出た。すると伊能権之丞も、

「私も抜ける」

といった。権之丞は、水戸家に縁故があったので、そのつてを頼って独自なルートで公認の問屋を命じてもらおうという考えを持っていたようだ。

結局、伊能忠敬と伊能茂左衛門の二人が公認問屋の候補者として勘定奉行所に願い出ることになった。年が変わって、一月の二十七日、忠敬と茂左衛門は勘定奉行所に出頭した。改めて、

「公認の問屋をお命じいただきたく存じます」

と願書を出した。しばらくこの願書は放って置かれたが、やがて二月になって吟味がおこなわれた。呼び出された忠敬たちは勘定奉行所の役人にいや味をいわれた。

「前に公認の問屋を命じ、運上納付を命じたときは、おまえたちは『佐原村は利根川から遠く、また扱う荷物も少ないので問屋などありません』といったではないか。それが今度の願書をみると、いままでも問屋事業をおこなってまいりましたと書いてある。これはいったいどういうことだ？」

忠敬と茂左衛門は顔をみあわせた。忠敬も窮地に追い詰められた。いい返しようがない。問屋業をおこなってきたことは事実だ。しかし前回勘定奉行所に対して、

「佐原宿には、問屋などありません」

といい切ってしまったのは事実だ。勘定所の役人は、さらに嵩《かさ》にかかった。

「もし、おまえたちがいままで問屋業をおこなってきたというのなら、そのことを証拠で示せ」

意地が悪かった。奉行所の役人にしても、

(こいつらは、なんとか運上金を免れようとしてあの手この手と、いろいろな策を弄する。だから、口先だけでうまいことばかりいう。けしからんやつだ)

と思っていたから、追及の手は厳しい。同時に、伊能忠敬と伊能茂左衛門に公認の問屋を命じなくても、すでに別の人間で、

「私に問屋をやらせてください。そうすれば運上金は二倍納めてもよろしゅうございます」

と申し出る業者がいたからだ。代わりがあるから気が強かった。

「三郎右衛門さん、これは弱ったね」

勘定奉行所を出て佐原への道をたどりながら、茂左衛門がいった。ところが忠敬は首を横に振った。

「大丈夫ですよ」

「大丈夫？　そんな大きな口を叩いて本当に大丈夫なのかね？」

「大丈夫です。証拠があります」

「証拠?」

「はい」

うなずく忠敬は自信たっぷりだった。

たしかに忠敬には自信があった。というのは、かれは祭礼事件で懲りたので、伊能家の蔵に入って古い記録をしきりに引っ張り出しては読んでいたからだ。その古い記録の中に、三代前の伊能景利《かげとし》がまとめたいろいろな帳簿があった。景利は記録魔といってよく、日常業務や、佐原における出来事をこまめに全部書き残していた。

その中に、たしかかなり前からの水運にかかわる運送の受取書などがたくさん束ねてあったことを忠敬は覚えていた。

(あの受取書や、帳簿を全部差し出せば、証拠として勘定奉行も認めてくれるだろう)

そう思っていた。


家に戻ると忠敬は寝る間も惜しんで古い書類を引っ掻き回した。そして、問屋業をおこなうために必要な書類を選《え》り出した。これをまとめて江戸の勘定奉行所に届けた。

二月十六日、勘定奉行所から呼び出しがきた。

「伊能三郎右衛門と伊能茂左衛門に、佐原における公認問屋を命ずる」

という通達があった。忠敬と茂左衛門は思わず顔をみあわせて目に喜色を浮かべた。

「ありがたき幸せでございます」

と平伏した。その後で問題になったのが、

「では納める運上金をいくらにするか」

ということだった。これにはかなり時間がかかった。忠敬は、

「二問屋で二百五十文」

といった。役人は、

「奉行所を馬鹿にするのか！」

と怒った。忠敬のいった金額があまりにも低かったからである。結局、押し問答の末、

「二人で一貫五百文（銭九百六十文で一貫文、四貫文で一両にあたる）」

と決められた。役人は大満足だった。忠敬がいった二百五十文を、圧力で大幅に引き上げることができたからである。

しかし忠敬のほうはそれほど痛痒を感じなかった。というのは、はじめに切り出した二百五十文というのはまったく論議の対象にもならないような安い額だったからだ。忠敬は、

（折り合うならこのへんだろう）

という目論見を立てて、二百五十文という値から切り出したのである。かれもこんな安い値で手が打てるとは思っていなかった。このへんは、かれの駆け引きの妙だ。二家で一貫五百文なら納められないことはない。二人とも満足して佐原に戻った。関係者に報告した。関係者も、

「そのくらいなら、なんとかなる」

といって、忠敬と茂左衛門が公認の問屋になれることを喜んだ。しかし、これではすまなかった。

というのは、勘定奉行所のほうにはすでに同じ佐原村の権三郎という男が、

「私に問屋をお命じください」

と願い出ていたからである。そして、権三郎のほうは、

「私に問屋をお命じいただければ、運上金として年に十貫文の金を納めさせていただきます」

といっていた。忠敬と茂左衛門の二人が納める運上金の約七倍の額を約束していたのだ。

勘定奉行所の中にもこの案に魅力を感ずる役人がいた。田沼意次の政策は、

「幕府の収入を増やす」

ということに尽きていたからだ。勘定奉行所にすれば、

「すこしでも増収して、田沼様のご機嫌を麗《うるわ》しくしたい」

と考えていた。それが役人としての出世の道につながるからだ。

そこで勘定奉行所では、再び伊能忠敬と茂左衛門を呼び出した。茂左衛門はそのとき体の具合が悪かったので、代理を出した。本当は仮病で、いきたくなかったらしい。

「いったん決めたことを、また何をごちゃごちゃいっているのだろう。答え方をしくじ

って、せっかく得た公認の許可を取り消されてはたまらない。

三郎右衛門さん、あなたは弁が立つし証拠の出し方もうまい。あなたの弁舌は役人を納得させるのにはもってこいだ。私の分もよろしくお願いしますよ」

そういって逃げてしまった。しかたなく忠敬は勘定奉行所におけるやりとりを一人で受け持った。

奉行所役人は、

「先般その方と、伊能茂左衛門の二人に公認の問屋を命じたが、このたび新たに権三郎という男が自分も問屋をやりたいと申し出ている。何か支障があるか？」

と聞いた。忠敬はこう答えた。

「もともと佐原で扱う運送の品目は少のうございます。そこへ新しく権三郎が参加するとなれば、先にご許可をいただきました私ども両人の商いが薄くなります。それだけでなく、権三郎が公認の問屋になることについては、村の同意がございません。みんな反対しております」

といった。役人は怒った。

「おまえの村の意見がどうであろうと、そんなことは関係ない。自分がきいているのはそういうことではない。権三郎が新しく問屋になることについて差し障りがあるのなら、その理由を話せといっているのだ」

権三郎からすでに賄賂をもらっていたのだろう。役人は嵩《かさ》にかかっていた。何がなんでも公認の問屋に加えようという意図がありありとみえた。忠敬はいやになった。

(権三郎め、すでに汚い手で役人を抱き込んでいるな)

と感じたからだ。困り果てた忠敬に、役人は救いを出すような薄ら笑いを浮かべながらこう切り出した。

「権三郎は、自分を公認の問屋に加えてもらえるのなら、おまえたち二人が納める運上金のほかに、さらに十貫文の銭を上納するといっている。そうなるとおまえたちに命じた運上金の額はあまりにも安すぎる。権三郎は佐原にはそれだけの資力があるといっているのだ。

おまえたちは佐原の扱い額を過小に申し出たのではないのか？ そうなるとお上を騙すことになって不届き至極だ。権三郎を仲間に加えず、あくまでもおまえたち二人だけで問屋をおこないたいというのなら、一人十両、二人で二十両の運上金を納めろ」

「とんでもないことでございます。佐原河岸の荷の動きは、そんな大金を納めるほどの利益はございません。どうか、前にお決めいただいた額で、私ども両人の問屋業をおゆるしいただきとうございます」

「虫のいいことをいうな。権三郎を仲間に加えず、運上金の増額も認めないというのはお上を恐れぬ不届き者だ。さあ、どっちにするか、しかと返答しろ」

役人は真っ赤になって怒鳴った。忠敬は弱った。そこで、

「再度、もう一人の問屋茂左衛門とよく相談して、改めてお答えに上がります」

といってその場を切り抜け、佐原に戻ってきた。

佐原に戻ったところで、茂左衛門は頼りにならない。忠敬は、

（これは一人で戦うよりほかしかたがない）

と、江戸を出るときから心を決めていた。

佐原に戻った忠敬がやったことは、権三郎の財力について徹底的に調べ上げることだった。忠敬は、

「奉行所役人と論争するのには、すべて証拠がいる。実証しなければ相手は納得しない」

と感じていた。もちろんそれだけではすまない。勘定奉行所のほうでは、あくまでも運上金の増額を求めるに違いない。それはそれで、また別な交渉だ、と考えた。

忠敬は、熱気を込めて権三郎の身辺を洗い出した。
・権三郎は、もと伊能家の使用人だった。田畑もほとんど持っていない。
・しかも伊能家に対し借地代を滞納している。
・二年前にも問屋のことで、勘定奉行所に駆け込み訴えをした。ところが、奉行所でいい加減なことをいったので逆に罰金を取られている。
こういうことを調べ出した。忠敬はホッとした。

（これで権三郎は排除できる）

という確信が持てたからである。そこで再び勘定奉行所に出頭した。このとき忠敬は、

「私の言うことに異論があるといけませんので、権三郎も同席させてください」

と申し出た。一挙に権三郎と対決するつもりである。

伊能忠敬は、権三郎の財産状況について自分の調べたことを全部話した。そして、

「なんの資力も財産もない権三郎に、問屋業など務まるはずがありません。かれは明らかに嘘を申し立てております」

といい切った。奉行所役人も弱って、

「何か反論があるか？」

と権三郎に聞いた。しかし権三郎は反論しなかった。しないのではなく、できなかったのだ。俯《うつむ》いたまま、

「何もございません」

と蚊の啼《な》くような声でいった。これで権三郎の公認問屋参加は排除された。残るのは、

「伊能忠敬と茂左衛門の二人が、どれだけの運上金を納めるか」

ということである。忠敬は駆け引き上、

「先にお決めいただいた額でご勘弁を願いとうございます」

といいつづけた。しかし役人のほうはそれでは承知しない。

「奉行所の顔も立ててもらわなくては困る」

と、しまいには懐柔策に出てきた。やむをえず忠敬は、

「それでは一貫五百文を二貫文に増やさせていただきます」

と応じた。

しかしこれはあくまでも暫定的なものであって、忠敬にすれば、

（いまの佐原宿における取り扱い量では、到底二貫文の運上は無理だ。そんな利益はない）

と思っていた。かれはすでに、

（これからの佐原における荷の取り扱い量や手数料などを克明に記録して、毎年代官所と勘定奉行所に提出しよう）

と、あくまでも証拠主義によって課税額を算定してもらおうという態度を決めていた。

この実証主義には、勘定奉行所も反論ができなかった。翌年、勘定奉行所のほうでは、

「佐原で納める運上は、一貫五百文でいい」

と減額を申し渡した。伊能忠敬の実証主義が勝ったのである。

この経験を忠敬は、

『佐原邑河岸《むらかし》一件』

という記録にしてまとめた。

先学小島一仁《かずひと》氏の『伊能忠敬』（三省堂選書）によれば、この記録は四〇〇字詰め原稿用紙で七〇枚ほどのものだという。そしてこれが伊能忠敬の佐原村政に対する、最初の記録だったという。

勘定奉行所とのやりとりで、伊能忠敬はかなり自分の考えを押し通すことができた。

「しかし、それもこれも先祖の景利様が残していってくださった記録書類のおかげだ」

という思いが募っていた。景利は妻のミチの曾祖父に当たる。忠敬から三代前の伊能家の当主である。

壮志を立つ

佐原に戻った忠敬は、家業や公務に暇ができると、いままでにも増して景利《かげとし》が残していった記録書類を読むことに没頭した。忠敬は、その過程でまた目から鱗が落ちるような新しい事実を発見した。それは、景利の記録癖はかれだけのものではなかったということである。かれ自身の記録癖は、祖父の景善《かげよし》から大きな影響を受けていた。景利は、「祖父の景善がはじめた記録をいよいよ精密にしようと考え、村内の古記録や隣村の旧家まで調べて、田地の境界・土地の縁起、また公儀のお触れや御用向きのことはもちろん、村里の記録となるべきことを修正して一部の記録をつくった。祖父の志業は、まったくこのときに備わったのである。その他、何事によらず後世の参考になりそうな村法や家風、あるいは暦年の日記まで筆写した」

と、忠敬の生涯の資料に記されている。

しかし、そうはいうものの景利がおこなった記録事業はたいへんなものだった。すべて自分で書類を整理、編集し、筆写する。その作業が非常に几帳面で丹念だ。だいいち量が驚くべきほど多い。『伊能景利日記』と名づけられた日常のメモは、実に二十冊にも及んでいる。忠敬が驚いたのは、景利の記録に対する態度が非常に謙虚なことであった。多少は自分の意見を述べている文章もあるが、ほとんどはきいたことや学んだことをそのまま書き写している。それも、単に村政の記録に限らず、学問全般に及ぶような記録もたくさんあった。つまり、自分が読んだりきいたりしたことをメモしながら、それに対して、

「自分はこう思う」

という意見を加える筆法であった。

しかし、忠敬が驚いたのはそんなことではない。いちばん忠敬を感動させたのは、景利がこの記録をまとめたのが、享保《きょうほう》五年（一七二〇）から享保九年（一七二四）までの五年間であり、その年月にこの大事業をおこなったということである。

そしてもう一つ忠敬の胸を震わせたことがあった。景利は正徳《しょうとく》三年（一七一三）に四十五歳で隠居していた。したがって、この記録の編纂に専念しはじめたのは、五十二歳のときからだ。この、

・隠居後にこの仕事をはじめたこと。

・それも五十二歳という、当時でいえばかなりの高年齢からはじめたこと。

この二つの事実は、伊能忠敬の心を根幹から揺さぶり立てた。かれはこの二つのことに思いを至らせると、しばらくは感動で胸が震え息がつけなかった。体中の力が抜けていった。

（なんという素晴らしい祖先を、伊能家は持っているのだ！）

そういう感動が体全体に漲《みなぎ》ってきた。

忠敬は思った。

「隠居をしてから後も、本格的な仕事ができる。それも、五十二歳からでもこういうすばらしい仕事ができるのだ」

このことは、すぐ忠敬に、

「自分にも同じことができるはずだ」

という思いを湧き立たせた。かれの目が爛々《らんらん》と輝きはじめた。それはこの家にきてはじめての新しい希望の発見であった。仰ぎつづけてきた夜空の星のように、すばらしい輝きを放った。しかもその輝きは、七郎右衛門がいった、

「まるで星のようだ」

という冷たい光ではなかった。もっと熱を伴った激しいものであった。この発見は、はっきりとこの日、伊能忠敬の胸に刻みつけられた。

景利の記録をたどっていくと、次のような文章に遭遇した。

「裁判に出るときは、先方の主張がどんなものであるか、またそれに反論するにはどういう証拠が必要か、古い文書の有無をよく考えて、落ち度のないように心がけることが大切だ」

まさしくこれだ、と忠敬は思わず膝を叩いた。忠敬が今度勘定奉行所で権三郎を相手

におこなったことは、まさしくこのことだったのである。そのことを景利はすでに三代前にみぬいていた。しかも書き残していた。

忠敬は思い立った。

「自分も、隠居後は、先祖に負けないような本格的な仕事を何か一つおこなおう。それは、自分のためではなく世の中のためになるものでなければならない。そして、この景利様というご先祖が残していった記録主義を、一つの手法として確立するのだ」

この段階ではまだかれは、日本全国の測量をおこなうなどという気はない。しかし朧《おぼろ》気《げ》ながらも漠然としたカオスの中に、やがてはそれをこね上げれば固形物に変わっていくようなある志を、かれはこの日に打ち立てたのである。

三代前の景利が残した記録から思い立った二つの目標で、伊能忠敬のその後の生き方はさらに輝きを増した。かれはこう考えた。

「自分のやりたいことをやるためには、自分に課された責任を全部果たしていかなければならない。それを果たさずに、やりたいことだけをやるのはわがままな人間だ。自分は伊能家の婿に入った以上、そういうわがままはできない。やらなければならないことは、公的なものであれ私的なものであれ、すべて果たしていこう」

その果たしていこうという責務の中には、家族に対する対応もあった。

伊能家には、宗教上のことで、多少意見の食い違いがあったようだ。忠敬は、後に日本全国を歩き回って測量をつづけたくらいだから、ふつうなら、

「伊能忠敬はよほど体が丈夫だったのだろう」

と思いがちだ。だが、実際はちがった。忠敬は病身だった。よく体を悪くしては寝込んだ。伊能家に婿に入ってから間もなく、持病が出てしばらく寝込んだことがある。このとき、かれに代わって伊能家の面倒をみていた分家の伊能七郎右衛門が家にやってきて、

「婿殿の体を治すには、観福寺《かんぷくじ》のお坊さんにきてもらって、百万遍を唱えてもらったほうがよかろう」

といった。ところが養母のタミが承知しなかった。

「そんなお経は御免です」

と突っ張った。後でわかったことだが、タミは熱心な日蓮宗の信者だった。だから、他宗教の経を唱えることを認めたくなかったのである。

このときは両者があまりにもいい募るので、寝ていた忠敬が起き上がって、

「私の体を心配してくださるのはありがたいのですが、お経のことでどっちがどうだというような争いはこの際やめてください。私には、どっちもありがたいのですから」

と仲裁に入って妥協させたことがある。伊能一族は光明真言《こうみょうしんごん》の信者だった。その中でタミだけは真言宗を信じないで、伊能家にきてから後も宗旨を変えなかった。だから朝と夜には必ず団扇太鼓《うちわだいこ》を叩きながら「南無妙法蓮華経」とお題目を唱えた。嫁にきたばかりのころは、伊能家の親族から、

「嫁の宗旨はうちとちがうぞ」

と文句が出たらしい。しかしタミは屈しなかった。最後まで自分の信仰を貫いた。伊能一族も最終的にはあきれて何もいわなくなった。

その頑固な信仰心を持っていた養母が、安永三年（一七七四）に死んだ。このころは忠敬もだいぶ自信が出て、家業の発展も思いのほか進んでいた。忠敬には経営能力もあった。かれは、家業としての造酒業、醬油の醸造、水運のほかに、江戸にも薪問屋の出店をつくって、事業を拡大していた。公認の問屋になったことが、この事業拡張に弾みをつけた。いってみれば、一種の格が与えられたからである。

これは現在も同じだ。なんだかんだといっても、政府や自治体などの公共事業を担うことは、その業者にとっては信用を得るうえで特段の効果を発揮する。公認の問屋も同じだった。


家族に対してもやるべきことをやるということの一つに、養母のタミが死んだとき、忠敬は、まわりの反対を押し切ってタミを日蓮宗の寺に葬った。一族は、

「伊能家代々の墓に入れるべきだ」

と主張したが、忠敬は首を横に振った。

「お義母さんは、日蓮宗の熱心な信者でした。死んだからといって、それを真言宗の寺に入れるわけにはいきません。あの世にいっても、団扇太鼓を叩いてお題目を唱えてい

るでしょうから」

　最後のほうは冗談のように笑っていった。一族は納得した。ということは、すでに忠敬の力がそれほど増していたということである。一族も、最近では、

「忠敬さんは立派だ。言うことにいつも筋が通っている」

　と誉め称えるようになっていた。とくに、勘定奉行所でのやりとりが、地域の人々を感動させていた。

　奥州旅行へ出た。安永七年（一七七八）、三十四歳になった忠敬は、妻のミチを連れて二十八日に佐原を発《た》ち、仙台、塩釜、松島方面への旅である。二人の供を連れていた。五月二十八日に佐原を発ち、六月二十一日に帰ってきた。忠敬はこのとき旅日記をつけた。『奥州紀行』と名づけたものである。しかし、そういい切ると申し訳ないが、それほど大したことを書いたわけではない。駅と駅の距離、馬や駕籠《かご》の駄賃、またいった先の神社や仏閣の由来や古歌などを書き写している。

　だからといって、忠敬がこの旅で何も得なかったわけではない。かれは改めて、地理とか測量に関心を持ちはじめた。つまり、自分が簡単に旅日記に書いていることも、その裏をたどっていけば、当然測量や地理、そして地図に結びついていくからだ。

「たとえ物見遊山の旅でも、地図があったらどんなに便利なことか」

　そして、それはさらに、

「正しい暦があったらさらに便利になるだろう」

　という思いに発展した。好奇心旺盛な忠敬にとっては、当然の帰結だった。

そして伊能忠敬に、測量や地図の作成について、

「この道を進もう」

と心を決めさせたのは、これもまた先祖の伊能景利の事績であった。

だいたい名主の役を務めていれば、測量と無縁ではいられない。簡単な治水工事、あるいは新田開発などの指揮をとるには、測量の心得がなければできない。それが高じていけば、当然地域の地図の作成につながっていく。

伊能家は代々名主を務めてきたから、当主はその方面での知識や技術を身につけなければならなかった。その中で、記録魔であった伊能景利は、傑出した測量家でもあった。また、地図の作成者でもあった。江戸時代、徳川幕府は諸国の大名に命じて「絵図」をつくらせた。国別につくらせたのでこれを「国絵図」といった。国というのは現在のように日本国全体を指すのではなく、大名家の領地をいった。いまでも、

「あなたのお国はどこですか？」

という国は、日本を指すのではなく大名家が支配していた藩地をいうことが多い。江戸時代は約二百七十近くの国があった。

伊能家の地図作成の伝統

徳川幕府が国絵図作成を命じたのは、一回目が慶長十年（一六〇五）で二回目は正保《しょうほう》元年（一六四四）、三回目は元禄十年（一六九七）だったといわれる。

そして伊能景利が国絵図作成に参加したのは、元禄のときであった。これは、かれ自身の記録の中にそのことが細かく記されているそうだ。

景利の時代には、佐原村は数人の旗本に分割知行されていた。伊能家が名主を務める佐原村本宿組は、旗本の天方主馬《あまがたしゆめ》の支配地になっていた。

元禄十一年（一六九八）一月八日に、天方主馬から、名主の伊能景利に、

「このたび、幕府が国絵図をつくる指令を出したので、協力してもらいたい」

といってきた。天方主馬はなかなかものわかった人物らしく、

・すでにつくられた国絵図を添える。

・今度の新しい国絵図作成の指示書も添える。

・しかし、添えた絵図と現状とに差がなければ、新しくつくる必要はない。

・そのことを書き出せばよい。

と添え書きがしてあった。

ところが景利は、この天方主馬の指示を無視した。無視したといってもそれが間違っているというわけではなく、かれの生来の測量癖が頭をもたげたのである。

天方のところから指令がきたのが一月八日だったが、その二日後の一月十日から、かれは何人かの補助者を使って、佐原村本宿組の測量をはじめた。道路を測量し、村境が正しいかどうかも改めた。さらに、自分の管轄外の地域についても、道路や利根川の岸辺を測量したり、村境の検分をおこなったりした。

支配者の天方のほうでは、まさか伊能景利が改めて測量しているなどとは思わなかったので、すぐ催促がきた。

「お上では急いでいる。なんの変化もないのなら、幕府の絵図にそのことを書き加えて返してほしい」

これに対して、景利は三日三晩ほとんど寝ないで、補助者と一緒になって新しい測量に基づく村絵図を作成し、付属書類もつくった。そして、すぐ江戸に駆けつけた。一月十七日に地頭所に届け、十八日には、地頭所の役人からお絵図奉行に届け出た。

お絵図奉行所のほうでは、すでに予備知識があって、佐原地域に変化がないということをつかんでいた。しかし、出てきた絵図がまったく新しく測量されていたので感心した。

「前回と変わったところがなければ、新しく絵図をつくる必要はないといったにもかかわらず、測量までして新しく絵図をつくったとは、まことに念の入ったことだ」

といって、伊能景利を誉めたたえた。

伊能忠敬は景利の記録を読んでいてこのことを知った。かれの感動にまた新しいものが一つ加わった。それは、

「ご先祖の景利様は、前と変わったところがなければ、絵図をつくる必要がなかったにもかかわらず、あえて測量をして絵図を書き上げた。その態度は何事もすべて自分の新

しい目で確認し、そのことを具体化するという姿勢にある。これは学ばなければいけないことだ」

伊能忠敬の姿勢には、終始一貫して、この、

「自分よりすぐれた者からは謙虚に学ぼう」

という考えがある。かれが、五十一歳にもなって、十九歳下の高橋至時《よしとき》のところに弟子入りするのも、その一つだ。かれは現代でいえば、

「世の中には、接する人に常に三とおりの人間がいる」

ということをわきまえていたに違いない。三とおりの人間とは、

・学ぶ人。
・語る人。
・学ばせる人。

簡単にいえば師、友、後輩、部下ということになると思うが、忠敬の考えはそんな形式的なものではなかった。かれにとっては、

・年齢は関係ない。
・男女の別も関係ない。
・地位やポストも関係ない。
・キャリアも関係ない。

ということである。謙虚にそういう目で他人に接すれば、どんなに若くて経験が浅く

ても、自分よりすぐれた面を持っている若者もいるということだ。そういう場合には、その若者から学ぼうとするのが、人間としての謙虚な態度だということだ。だからこそ、かれは十九歳も年下の高橋至時の弟子になった。高橋のほうが驚いて、

「ご老齢のあなたに、私が師となるのはすこし思はゆい」

そういう高橋至時に、忠敬は笑って首を横に振った。

「そんなことはありません。ものを学ぶのに年は関係ありません。私より十九歳年下であっても、あなたは私の学びたいことをすでに身につけておられます。どうぞ、よろしくご教授ください」

といった。

忠敬が景利の「国絵図」作成に感動したのは、景利の生きる態度が、

・新しい仕事に対しては、常に自分の新しい目で対象をみつめ直す、という勉学者としての初心・原点を持っていたこと。

・たとえ、みすみすそれが無駄であり、徒労とわかることであっても、その初心・原点を保つことを重んじたこと。

この二点で貫かれていたからだ。これが先に立てた、

・社会生活では、実証主義を重んじること。

・隠居後にも、本格的な仕事が可能なこと。

・それは五十歳を過ぎてからでも可能なこと。

ということに、さらに新しく加えた二項目であった。これらのいわば生涯学習の方針は、しだいに種から芽になり、芽から茎になり、茎が花をつけ、やがて実を結ぶというような形に培われていった。

伊能忠敬はしみじみと考えた。

(自分は、九十九里の小関村に生まれてから、父の実家の小堤村に戻っても、必ずしも幸福な暮らしを送ったわけではない。自分の心の底に、ひがみやねじけた心がまったくないかといえばそれは嘘になる。自分はそれを努めて押さえつけ、外に出すのを控えてはいるが、根のところにはまだそういうものがある。

そういうものの見方をつづければ、養家先の祖先にろくなやつはいない、と思うのがふつうだ。

しかし伊能家ではちがう。この家には、本当に学ぶべき先祖がたくさんいる。とくに、測量や記録に対して、三代前の景利様はたとえようのない立派な方だ。自分は改めて、景利様はじめほかにもいたであろう伊能家の立派な先祖を、自分の先祖として尊敬するようにしよう)

そう考えた。このことは、伊能忠敬がもはや単なる養子ではなく、完全に伊能家生え抜きの一族と同じような立場に自分の身を置いたということだ。いってみれば伊能家の家風に完全に溶け込んだということである。

そう思うと、家業のほうにも身が入った。このころのかれは、田畑関係では先祖伝来伝えられてきた本田に、新しく開拓した新田を合わせて百四十石ほどの収穫を確保していた。田畑のほとんどは小作人に貸しつけていたが、家の近くの分は作男に耕させた。

米穀売買も扱った。前に飢饉のときの経験があったので、地元の米以外にも関西地方の安い米を買い入れて、これを江戸で売りさばいた。この商いのために江戸の鎌倉河岸に出店をつくった。店の経営は、長女イネの婿に迎えた盛右衛門《せいえもん》に任せた。

造酒のほうも盛んだった。酒蔵も大きなものをいくつもつくった。醸造量は、毎年千石以上に上り、売り上げ金は千五百両を越え、利益は八十両から百両くらいだったという。佐原で酒の千石造りができるのは、伊能家と永沢家だけであった。このほかに薪などの燃料にも手を広げた。

いきおい、使用人の数も多くなる。いまでは、常勤・非常勤を合わせると五十人に及んでいた。使用人たちもすっかり忠敬の主人ぶりになつき、敬愛の念を持って働いていた。忠敬は、完全に伊能家を復興したのである。

第四章　事業家・指導者として大成

水際立った忠敬の〝現実〟対処能力

安永七年（一七七八）に妻のミチを連れて奥州旅行に出たことは前述したが、後にも先にもこの旅行がミチと旅に出た唯一のものであった。忠敬にすれば、心密かに立てた志実現のためには、

（やることをやっておこう）

と考えていた。忠敬の生き方は、

・いやな仕事を先延ばしにしない。

・選択の順位は、まず目前の急ぎの仕事から手をつける。

・急ぎの仕事が複数あるときは、自分のやりたくない仕事から手をつける。

という考えを実行していた。心の底に、

「この仕事はいやだな」

という感情が湧くと、なんとかしてそれから逃れようとぐすぐずする。ああでもない、

こうでもないと、その仕事から逃げる口実を考える。いままでの忠敬に、そういうことがなかったわけではない。家庭内の空気の煩《わずら》わしさや、人間関係の面倒臭さなども祟《たた》って、

「ああ、面倒くさい。いっそやめてしまおうか」

と思うことがなかったわけではない。しかし、忠敬は、先祖の景利の根気強い作業の跡を見ると、自分のそんな考えが、いかにわがままでまた自分本意であるかということを痛いほど知った。いまの忠敬にとって、景利は人間の生き方の模範であった。

妻との奥州旅行から戻ってから間もなくの安永七年の夏に、佐原の領主が代わった。いままではここは幕府の直轄領、つまり天領であったが、それが津田という旗本の領地に代わったのである。そこで、忠敬はその年の七月一日に、他の名主や村の有力者と一緒に江戸の津田邸に挨拶にいった。

そのとき、名主五人と、すでに幕府から苗字を名乗ることをゆるされていた永沢治郎右衛門は、麻の裃《かみしも》を着ていた。津田邸に入った後も、

「そこに座るように」

と、居室の端に座を与えられた。しかし忠敬の身分はまだ単なる「農民三郎右衛門」である。裃を着けることはゆるされない。袴はゆるされたが、席は板の縁側だった。そういうシステムになっているのだから、当然といえば当然だ。しかし伊能忠敬の胸の中には、いままでさんざん聞かされた分家の伊能七郎右衛門のことばが浮かび上がった。

「永沢の家では、苗字帯刀をゆるされた。おまえも努力して早く苗字帯刀をゆるされるようになってくれ。永沢とともに〝両家〟といわれてきた伊能家が、そんな区別を受けているのは我慢できない」

忠敬にすれば心の奥底に、

（そんなことは大したことではない）

という思いがあったことも事実である。ところが、いま現実に縁側に座らされ、永沢治郎右衛門や名主たちが座敷の畳の上に座っていると、やはりなんとも割り切れない気持ちが湧いてくる。

（不条理だ）

自分がこんな扱いを受けるいわれはない、という思いが突き上げてくる。悔しい。

「百聞は一見にしかず」

ということばがある。耳にタコができるほどいろいろなことを聞いていても、自分で実際にそのことを一回でもみれば、そのときのインパクトのほうが強いということだ。忠敬における今回の一件は、その一回の経験といっていいだろう。

この経験は、伊能忠敬にまた心のバネを与えた。本来の忠敬からすれば、こんなことは気にすることではない。しかし世間は気にする。その世間の中にいまの忠敬は積極的に溶け込んで生きようとしている。少なくとも、伊能家の格式を高めることに本気で努力しようとしていた。ほかから侮られるような種は自分からはけっしてつくらないと思い立っていた。そこで、この日の経験がかれに一つの目標を与えた。

「自分も早く津田様から苗字帯刀をゆるしていただこう。そういう努力をしよう」

　ということである。いまでも忠敬の頭の中には、つねに天上の星がある。人間関係で煩《わずら》わしいことがあったり、仕事がうまくいかなくて投げ出したくなるようなときに、かれは自己管理の方法として頭の中にある天上の星の群れを思い浮かべる。そうすると気が休まる。慰めが得られ、

「おれはほかの人間とは違うのだ」

　という自信も湧いてくる。頭の中に存在する天上の星の群れは、かれにとって日々の生活の中和剤であり、あるいは鎮静剤だった。しかし考えてみればそれは逃げだ。苦しい現実から逃れるために、星の群れを思い浮かべ、

「おれはほかの人間とは違うのだ」

　という意識をもり立てることによって、その危機から脱しようとしてきた。ある程度成功した時期もある。しかし、いまはそうはいかない。忠敬自身が、

「伊能家を取り囲む俗事の中にも積極的に身を投じていこう」

　と考えているからだ。伊能家との間に距離を置いて、

「自分はそんな煩わしいことをするような卑しい人間ではない。もっと次元の高い人間なのだ」

　などということを考えてみても、事はいっこうに解決しない。

「伊能家の当主は自分なのだ。当主は自分以外にない。そうであるならば、伊能家に訪れるあらゆる煩わしいことや俗事から逃れるわけにはいかない。正面から立ち向かわなければだめなのだ」

忠敬はそう考えた。だから、日常の一つひとつの仕事についても、

「いやなことからまず解決しよう。勇気をもって、逃げたいことに立ち向かおう」

と心を決したのである。

では、どうするか。

佐原に戻ってからの忠敬は、

「永沢に負けないように、津田様に贈り物をしよう」

と思い立った。永沢家が幕府から苗字帯刀をゆるされたのも、単なる実力だけではない。たしかにあのころは、伊能家の家運は傾いて、江戸の出店も永沢家に買ってもらうこともあった。財力からいえば、しだいに差がついていった。しかし、それだけではないと忠敬は思う。

「永沢家のほうは、勘定所役人に対する工作もうまかったのだ」

といまでは思っている。つまり、つけ届けや贈り物を絶やさなかったのだ。伊能家のほうはほとんどそんなことはしない。

「そんなことをしてまで苗字帯刀をゆるされたいとは思わない。苗字帯刀をゆるすのな

ら、やはり伊能家の本当の実力を認めて許可してもらいたい」

という高い気持ちを持っていた。しかし、世の中は人間が営んでいる。神や仏ではない。人間の特性は、欲望があるということだ。そこにつけ入って、あれこれとうまい工作をすれば相手もほだされる。しかも、佐原では伊能家と永沢家が「両家」といわれ、なにかにつけて比較される。そういうときに、一方の伊能家のほうは何も贈り物を持ってこず、高い姿勢を保っているのに比較し、永沢家のほうはつねに頭を下げて何かにつけて挨拶にくる。そうなれば心がほだされるのは、なんといっても永沢のほうだ。理屈は簡単だ。問題は、ただそういう行為ができるかどうかということになる。

伊能忠敬は、以前、「野に遺賢なし」という古語を信じていた。人の目につかないところで生きていても、その人間がこつこつと誠実に実績を上げていれば、必ずどこかにみる存在があって、引き上げてくれる。だから、遺賢がそのまま見過ごされることはない、必ず登用されるというのがこのことばの意味だ。

しかし、これは必ずしも正しくない。忠敬はこう考える。

「たとえそうであっても、遺賢のほうに欲がなければ、相手も引き上げてはくれない。相手が引き上げようという気があっても、遺賢のほうでどうか引き上げてくださいという意思表示をしなければ、そのまま見過ごされてしまうのだ。やはり野におけレンゲ草、ということになる」

本人にその気がなければ、そうしてやろうという相手のほうもやめてしまうということとである。

(そう思うと、いままでの私の生き方は、自分にそういう気がないことを示しつづけてきたのではないか?)

という反省心が湧いてくる。何か起こっても、

「そんなことはくだらない」

と一蹴《いっしゅう》してきたことがなかっただろうか。そういう態度を取りつづければ、誰から見ても、

「あいつは可愛くない」

ということになるのだ。運だけではない。自分の出方、やり方にも問題がある。忠敬はしみじみとそう思った。

佐原に戻ってからのかれは、積極的に津田家に工作をした。永沢家で津田家へみりんを献上すれば、忠敬は利根川で捕れた生の鮭や、奈良漬けの大樽を届けた。なにも主人ばかりではない。家来全部にもゆき渡るように大樽を用意する。

津田家のほうでは目をみはった。

「伊能家の主人のやり方がずいぶん変わってきたな?」

「商売の幅を広げて、このごろは景気がいいそうだ。だからわれわれにもお裾分けをしてくれるのだろう」

そんな受け止め方をした。しかし、始終物を送りつけられて悪い気持ちはしない。し

かも忠敬のほうは、

「奈良漬けを送りましたから、こういうことをしてください」

などと代償を要求するわけではない。ただ単に淡々と送ってくるだけである。このことは、やがて津田家の主人の心を動かした。ある日、用人を呼んだ。

「佐原では、永沢と三郎右衛門の家を両家と呼んでいるそうだな？」

「さようでございます」

「永沢のほうには、すでに幕府勘定所が苗字帯刀をゆるしているという。ところが、伊能のほうはいまだに農民のままで、姓が名乗れない。

どうだ？　いまは永沢も伊能も、私のところへ納める年貢や、つけ届けも大差はない。三郎右衛門にも苗字帯刀をゆるしたいと思うが？」

「結構でございます。さぞかし三郎右衛門も喜ぶことでございましょう」

用人も積極的に賛成した。使いが立って、忠敬は江戸の津田邸に呼び出された。そして、

「このたび、その方に苗字帯刀を差しゆるす」

そう告げられた。さらに、安永十年（一七八一）が四月二日に天明と改元されると、その年の八月にまた呼び出されて、

「佐原村本宿組の名主を命ずる」

と告げられた。それまでの名主を務めていた藤左衛門が死んだからである。これで、

農民三郎右衛門は伊能三郎右衛門となり、また本宿組名主として、完全に永沢家と肩を並べる位置にたどり着いた。伊能忠敬は三十七歳である。

しかし永沢家のほうも、こういう忠敬の工作を指を食わえてみていただけではなかった。

「三郎右衛門め、なかなかやるな」

と警戒した。永沢治郎右衛門は、新しく工作をはじめた。かれは津田家にこんなことをいった。

・永沢家が苗字帯刀をゆるされたのは、お上（幕府のこと）からであること。

・そうなると、伊能家とは多少格が違うこと。

・それなのに、伊能家と同格だというのはうなずけない。

ということである。ふつうならこんなことは、領主を怒らせる。つまり、

「あなたは、新しく伊能三郎右衛門に苗字帯刀をゆるしたが、同じ苗字帯刀といっても、私のほうは幕府から直接いただいたものだ。あなたはその幕府の旗本の一人だ。したがって、格からいえば伊能よりも私のほうが上になる。同じ扱いをされるのは不当だ」

ということである。これに対し津田家は、

「それでは、永沢家のほうに村方後見を命ずる」

という対応の仕方をした。村方後見というのは、名主より一ランク上のポストだ。結局、忠敬の工作によって、永沢家に追いついたと思った途端、永沢のほうではまた一歩

先んずるような工作をして成功したということだ。忠敬は苦笑した。

(治郎右衛門も、おれと同じ年ごろなのに、なかなか頑張る)

と感心した。しかしこの差をつけられたことが、その後起こった事件で得をすることになる。

天明の大凶作を克服

事件というのは、この年に利根川が氾濫したことだ。佐原村にも大きな被害があった。領主の津田家では、機敏に対応した。地域に設けてあった地頭所を通じて役人を派遣し、被害地を調査させた。その報告にもとづいて、

・被害を受けた新田の農民には十五俵のお救い米を与える。

・本田側の堤防を守ったご褒美として佐原村に三十二貫文の銭を与える。

こう通達した。佐原の農民たちは顔を見合わせた。そして首を傾げた。

「変だ」

というのである。こんなことは例がなかったからだ。

しかし、佐原は河岸《かし》を持ち、水運の盛んなところなので情報がたくさん入ってくる。こういうときに大名や旗本が、領地の住民に対してお救い米や褒美を出すのには、必ず目的があった。つまり、その後に決まって「御入用金」を要求してくる。その額が法外なほど多い。いってみれば、お救い米やご褒美はエビだ。御入用金は鯛だ。エビで鯛を

釣るというのが当時の大名や旗本のやり口だった。

だから、佐原の農民たちは、

「いずれ、津田様からも御入用金の申しつけがくる」

と危惧を持った。その危惧は当たった。案の定、その年の冬がくると、津田家から地頭を通じて、

「このたび御入用金として、千両差し出すように」

と命じてきた。村役人たちは集まって協議した。

「断りたいが、断れない」

というのがみんなの結論だった。つまり、利根川の洪水のときに、すでにお救い米やご褒美をもらっているからだ。結局は、エビで鯛を釣られる結果になった。そこで千両の割り当てが決まった。

永沢家　二分の一の五百両
伊能家　百五十両
住　民　残りの三百五十両
このころは、伊能家と永沢家の財力はほとんど差がなかった。忠敬の努力によってここまで追いついていたのである。しかし上納金にこれだけの差がついたのは、永沢家が無理をして、名主から一ランク上の村方後見のポストに就いていたからである。

永沢治郎右衛門のほうは、苗字帯刀までゆるされた伊能忠敬に反発して、

「なんとか差をつけてやろう」

と工作し、名主から村方後見のポストをもらった。それはよかったが、これが裏目に出た。

「格が高いのだから、名主と同じ上納金ではすまない」

という不文律が作動した。永沢治郎右衛門は臍《ほぞ》をかんだ。

(馬鹿をみた)

と思ったに違いない。こういう割り当てによって千両の上納金が津田家に納められた。津田家のほうは感謝し、

「返金は毎年二百両ずつおこなう。つまり五年完済とする。利子として、年に一割五分支払う」

といった。村方では完全に信用したわけではない。

(本当に返してもらえるかな?)

そういう疑いを持っていた。

案の定、千両の返金が完全におこなわれないうちに、また災害が起こった。今度は前のような生やさしいものではない。いわゆる〝天明の大飢饉〟である。

天明の大飢饉は、天明二年(一七八二)にはじまっていた。三年に入ると、四月から八月にかけて長雨がつづいた。そして七月には、浅間山が大爆発した。

これがキッカケとなって、諸国が大飢饉となった。この飢饉は、さらに天明六年から

七年にかけてつづく。

天変地異が続出するので、当時の国民は、

「政治が悪いからだ。天と地が怒ったのだ」

といった。当時の政治責任者は老中・田沼意次である。田沼意次は、先に書いたように積極的な経済政策をとったが、自然の災害はどうすることもできなかった。結局は、

「田沼の悪政が、こういう結果をもたらしたのだ」

と、憎悪と呪いの念がすべて田沼に浴びせかけられた。浅間山が噴火したとき、こんな落首が流行《はや》った。

砂や降る　神代もきかぬ　田沼川
米くれないに　水も降るとは

浅間しや　富士より高き　米相場
火の降る江戸に　砂の降るとは

ちょうど天明三年（一七八三）が兎年《うさぎ》であったので「卯年の飢饉《うどし》」ともいわれた。

この被害は東北地方にとくに酷《ひど》かった。陸奥仙台藩では天明三年から四年にかけて、十五万人近くの人が餓死した。疫病で死んだ者を合わせると被害は三十万人に及んだと

いわれる。

南部藩（岩手）では、餓死者が四万余人、病死者二万四千人、他地方への脱出三万三千人、馬の被害二万余頭だったという。このころの南部藩の総人口は三十五万人だといわれているので、餓死・病死者の合計が、藩人口の二〇パーセント近くにも上ったのだ。

このころその惨状を目のあたりにしたある武士が、次のように描写している。

「奥州では病死した者が多い。食物という食物は何一つなくなったので、牛や馬の肉はもちろん、犬、猫までも食い尽くしている。それでももたなくて、ついに飢え死にしていく。甚だしいところでは、四、五〇戸もあった村の住民がみな死に絶え、一人として生き残った者はいない。誰がいつ死んだのかもわからない。死体は埋められていないので、鳥や獣の餌食となっている。一つの村がそっくりなくなったところもある」

寛政（一七八九～一八〇一）の奇人といわれた高山彦九郎が、このころ、山道で道に迷ってある家をみつけて中に入ったところ、中には白骨が重なっていて目も当てられず、びっくりして逃げ出したとその日記に書きつけている。

生産者である農民も、木の根を食べたり、松の皮でつくった餅などを食っていた。しかしそれさえも食い尽くし、ついには死人の肉まで食った。

こういう惨状がつづいているにもかかわらず、多くの人々が感じたのは、

「餓死したのはすべて農民や町人ばかりで、武士の中で餓死者は一人もいない」

ということであった。

浅間山の爆発は、佐原地方にも灰を降らせた。そのため、農作物がかなりの被害を受けた。稲はほとんど枯れてしまった。きくところによれば、江戸のほうではこの灰のために昼間でも夜のように真っ暗になり、それぞれの家では明かりをともしているという。外出するときは、怪我をしないように筵《むしろ》を何枚も重ねてかぶって歩いているという。

やがて江戸川には大木や家の古材や人や馬の死骸などが流れるようになった。

忠敬は永沢治郎右衛門と相談して、

「今年の年貢を免除していただこう」

と決議した。地頭所に出てこのことを願い出ると、地頭所でも被害の程度は知っていたので、

「わかった。お慈悲によって今年の年貢は全額免除する」

といった。そして、

「ご領主からお救い金として百両を下し置かれた」

と金を渡した。村役人たちは受け取って帰ってきたが、必ずしもありがたがらなかった。それは領主の魂胆がみえみえだったからである。一つは、前に貸した千両の借金がまだ返済し終わっていないこと、それに加えて、おそらく今年の年貢の全額免除によって、財政が傾くだろうから、改めて「御入用金」の申し付けがあると思っていたからだ。

引きつづき災害に対し、幕府は全国の大名や旗本に命じ、災害対策の一環として、暴れ川の堤防修築を命じた。佐原地方でも、利根川筋堤防の修築を国の管理工事として実

施されることになった。このとき伊能忠敬は、地頭から、

「普請掛りを命ずる」

といわれた。幕府管理の工事といっても、実際には旗本の知行所ではその旗本が費用の大部分を負担する。そして一部を幕府が補助するという形をとっていた。だが、津田家にはそんな余力はない。結局は、伊能忠敬が先に立って村方で負担をすることになる。

地頭が、伊能忠敬にこの工事の普請掛り（指揮監督者）を命じたのは、

「伊能三郎右衛門さんは、測量の心得がある」

ということを聞き込んでいたからだ。忠敬は、新田開発や川普請などですこしずつ身につけていた測量技術を発揮していた。かれにとって、堤防修築の普請掛りを命じられたことは、その力をはじめて公に示すいい機会だった。かれは喜んでこの仕事についた。

そうなると、足りない資金をどうにかしなければならない。かれは幕府の補助金や知行所からもらった一部の工事費を元に、あちこち走り回って、材木や竹などの材料を、幕府が決めた「お定め値段（材料はこの値段で買えという一つの規格的な代金）」を下回る値で買いつけた。そうなると差額が出る。差額は別なものに使える。それをかれは、工事で働く人たちの賃金の増額に使った。賃金もまた、幕府が決めた「お定め値段」があって、

「労務者は一日いくらで雇え」

といわれていたからだ。しかし労務者といってもそのほとんどが農民で、農民は忠敬

の才覚に感動し、喜んだ。幕府が決めた賃金よりも増額されて支給されたからである。

こういう経営手腕が伊能忠敬にはあった。やがて工事が完成した後も、忠敬の才覚によって百七十五両の余剰金を生じていた。

しかし、忠敬はこれを自分の懐に入れたり、あるいは地頭に内緒で村のために使うようなことはしなかった。きちんと会計報告し、地頭に、

「今後、村に何かあったときの非常用の支出に役立てたいと思いますので、お下げ渡しください」

と願い出た。地頭は忠敬の誠実さを知っていたので許可した。忠敬は永沢治郎右衛門と相談して、この残金を「永久相続金」と名づけ、不測の災害が起こったときに非常支出ができるようなシステムをつくった。金は忠敬と永沢治郎右衛門の二人で預かることにした。


この工事を実行中、ミチが病の床に就いた。しかし、忠敬はほとんど工事の指揮監督で現場に出ており、また地頭所だけでは埒《らち》があかないことについては、直接江戸に出て津田氏の指示を受けなければならなかったので、旅も多い。ほとんど看病してやることはできなかった。ミチは、その年の暮れに死んだ。忠敬は遺体をとりあえず荼毘《だび》に付し、

「葬儀は年が明けてからおこないます」

といった。

忠敬の指揮によって佐原地域の被害は回復され、しかも餓死者は一人も出なかった。この噂が諸国に伝わった。東北地方で酷《ひど》い目に遭った放浪者が、いっせいに佐原村に雪崩《なだ》れ込んできた。農民たちは抵抗して追い出そうとした。しかし忠敬は農民たちを説得して、炊き出しをおこない、

「これを持って、どこか安住の地を見つけるように」

といって、米や銭を与えた。忠敬にすれば、たまたま妻のミチが死んだ直後だったので、

「ミチの冥福を祈るためにも、放浪者たちをあたたかく扱おう」

という気持ちが働いていたのだろう。

こうみてくると、この時代の伊能忠敬は、以前にくらべて一段と大きくなっている。つまり、かれが、

「隠居する前に、やらなければいけないことは必ず成し遂げておこう」

と思い立ったその〝やらなければいけないこと〟の範囲がさらに拡大増幅され、しかも質的に高まってきたということだ。影響する範囲も広まった。「永久相続金」の設定もその一つだし、他国から流れ込んできた放浪者の救済もその一つである。

同時に、伊能家の家格を引き上げ、苗字帯刀までゆるされたということは、養子当主である忠敬の大きな手柄であった。

いまは完全に名実ともに永沢家と並び立つ〝両家〟の面目を発揮していた。

このことは単にかれが事業欲や名誉欲に支配されていたということではない。かれの性格には、「公的な仕事」すなわち「公務」に対する忠実な義務感のようなものがあった。

「人のため、地域のためにやらなければいけないことは、率先してこれに当たる」

という、現在でいえば〝パブリックサーバント（公僕）精神〟のようなものが備わっていた。だから、かれが隠居後にはじめた仕事も、全国の測量という、いわば幕府がやらなければいけない仕事を自ら負ったのである。かれには本質として、

「他者、あるいは地域、さらに拡大して国への奉仕精神」

が血の中に流れていた。それも、単なるボランティアではなく、それを本務としておこなうような性格がかれに根づいていた。

ただかれの出身が農民だっただけに、老中や奉行などのポストに就いて行政がおこなえなかったというだけにすぎない。かれがもし武士の家に生まれて、津田氏の立場や、さらに江戸城に勤務するような立場にあったなら、もっと違った人生の展開をしていたことだろう。このことは、伊能忠敬という人物を知るうえにおいて大切なことだ。

忠敬は、子どものころから天の星を仰いで、独自な精神世界を構築し、それによって自分を管理してきた。しかしその管理は、必ずしも自分自身のためだけではなかった。かれの生涯を通じて見ても、自己の欲望充足のために何かをしたということはあまりない。つねに、

「誰かのため、どこかのため」

という目標がはっきり設定されていた。しかしそのために、

「自分はこういうことをやっているのだから、おまえたちはもっとよく私のことを理解し、協力しなければならない。家族もまた犠牲に甘んじなければならない」

というようなことは、けっしていわなかった。かれが、

「やらなければいけないことはやっていこう」

と考えたということは、伊能家の当主として家族に人並みの生活を保障し、地域の人々にも豊かさが享受できるような地域環境の整備をおこない、そして日本全体のことを考えて、

「この国に住む人の生活は、このようでなければならない。しかしそのためには、こういう整備が必要だ。それをとりあえず、自分が責任を持っている佐原地域からおこなっていこう」

と考えたということであった。

しかしかれもまた俗世間におけるいわば〝人間の法則〟を知っていた。多くの人々が身分や格式や権威を尊重することも知っていた。だからそれがないと逆に蔑《さげす》むことも知っていた。

それがいいとはいわない。しかし当面全体の幸福向上を願うならば、やはり仕事というのは一歩ずつおこなう必要がある。急いでも失敗するだけだ。小さな石を積み重ねて

いかなければならない。二宮尊徳のいう「積小為大」である。

無理・難題に大誠意と〝知恵〟で応える

津田家からまた地頭を通じて借金の申し出があった。

「百五十両ほど用立ててはもらえまいか」

前に上納した千両の貸金は、まだ四百五十両しか返してもらっていない。しかしこれだけの返済金があるということは、津田家のほうにも誠意があって、必ずしも踏み倒してやろうなどという気があるわけではない。それに派遣されている地頭役人もなかなか誠実な人物だ。そこで伊能忠敬は、ミチの葬儀をすました後、永沢治郎右衛門と相談をして、
・永沢家が百両
・伊能家が三十両
・その他数人の村の実力者が合計二十両
という割り当てをした。

しかし津田家の借り入れはこれだけではすまなかった。夏が迫ってくると、

「家臣に飯米を渡さなければならないので、二百七十俵の米を貸してもらいたい」

と申し込んできた。家臣への給与支給が滞《とどこお》っているのだ。

「返済は、今年の冬に納める年貢米から差し引いてくれ」

ということであった。忠敬はやむをえずこれも引き受けた。しかし永沢治郎右衛門と一緒に津田家に対し、

「われわれが江戸に持っている出店に、津田様の御知行所収納蔵元を務めさせていただきたい」

と願い出た。津田家ではこれをゆるした。伊能忠敬の婿が管理している鎌倉河岸の出店と、永沢家の江戸小網《こあみ》町にあった出店とが、それぞれ津田家の蔵元を務めることになった。

こうなると津田家のほうも安心したのか、さらに、

「飯米を都合してくれ」

という申し込みの度数が多くなった。いってみれば、蔵元というのは津田家のブランチ（支店）のようなものであり、津田家の末端組織になるわけだから、

「社長のいうことを、支店は聞くべきだ」

という論理なのだろう。

こういうことを繰り返しているうちに、伊能忠敬の胸の中に一つの考えが育っていった。事実問題として、佐原では伊能・永沢の両家の力がしだいに強まっていたことを踏まえ、忠敬は次のように考えた。
・領主の津田家は、始終佐原の人々に借金の申し込みばかりしている。
・そのことは、相対的に津田家の領主権を弱めている。

・その間にあって、住民のために津田家と借入金の減額を交渉したり、あるいは農民たちを説得するのはすべて伊能・永沢両家の役割となってきている。
・伊能・永沢両家は、頭から津田家のいうことを農民に伝えたりはしない。いってみれば、津田家が申し出る借入金をそのまま鵜呑みにして住民から搾り取るようなことはけっしてしない。必ず異議を申し立て、調整している。
・そうなると、領主が持っている地域や住民への管理監督権の一部が、現実には伊能・永沢の両家に移行しているということになる。
・住民に借金ばかりしている領主は、この伊能・永沢両家にしだいに頭が上がらなくなってきている。
・住民たちの尊敬と信頼の念は、両家に対して強まり、いつの間にか領主津田家は、われわれに借金ばかり申し込む存在という意識が育ってきている。
こんなことである。ということは、忠敬がはっきり意識はしなくても、

「武士の存在は、必ずしもいまの日本で本来の力を発揮していない」

ということである。もっとはっきりいえば、

「武士はしだいに無用の長物になりつつある」

ということであった。無用の長物になりつつあるということは、武士が固有の権利として「農民（農）、職人（工）、商人（商）」に対して持っていた、政治を通じての絶対的権威というのが、しだいに崩壊しているということである。

江戸城内で仕事をしている徳川幕府はどうだかわからないが、少なくとも末端の地域においては、領主の支配権はしだいに崩れている。というのは、年貢の納税者である住民に対して、借金ばかりしているからだ。金を借りてばかりいて、ちっとも返さないのでは、やはりどんなに威張ってもその権威は失われる。住民のほうが信用しなくなるし、尊敬もしない。代わって、実際に支配の権能を振るっているのが、伊能・永沢両家であるならば、直接のかかわりのある存在として、住民の意識と関心はすべて両家に向いてしまう。

（このままこの世の中がつづいていくのだろうか）

と、忠敬は漠然と考えた。このことは、忠敬にある種の解放感を与えた。それは、「やることさえきちんとやれば、隠居後に自分の好きなことができる」と思い立っているその〝好きなこと〟を阻む壁が、取り去られてきたということである。世の中にはいつも、

物理的な壁（物の壁）

制度的な壁（仕組みの壁）

意識的な壁（心の壁）

がある。しかし、現実に住民たちの心の壁がどんどん壊れ、領主に対する尊敬の念が失われ、権威も認めないようになれば、それはとりもなおさず制度的な壁も壊れてしまったということだ。そうなれば住民自身が、自発的な意思に基づいて物の壁も壊してし

まう。現在、水の道を通じていろいろな物を運んでいるのも、その一つだ。水運を伴う河岸生活が長いだけに、佐原に住んでいる人々の気持ちにはあまり物流については物理的な壁を認めない。

「町の前を流れている川は利根川に通じている。利根川は江戸川に通じ、そしてそれは江戸の町に通じている」

と考えている。つまり佐原という一集落が、水の道を通じてそのまま江戸につながっているのだという考えである。これは完全に藩や旗本の知行所という境を意識しないということだ。

徳川家康は、せっかく織田信長が壊した関所や船番所をもう一度設けた。そして日本の国を二百七十近くに分けてしまった。それぞれの大名家の支配地を「くに（国）」と呼んでいる。細分化されたくにの間には関所が設けられて、自由に出入りできない。とくに農民は定住を強いられ、領主である大名や旗本が転勤しても、それに従うことは許されない。最後までその土地で死ぬことを命ぜられている。

伊能忠敬の脳裡には、妻のミチと歩いてきた奥州路の道すがらの光景が次々と浮かんだ。それは、風景の美しさではない。農民が旅行するときは、必ず支配者の「切手（パスポート）」が発行され、これを持っていなければ、あちこちの関所を通過できない。日本全体が巨大な檻《おり》だ。忠敬の胸の中では、

「そういう檻の柵を早くはずして、日本人がこの国を自由に旅ができるようにしたい」

という思いが湧き立っていた。そしてこの思いが、かれの日本全体の測量意欲に結びついていく。

天明の飢饉はさらにつづいた。天明七年（一七八七）五月に、江戸で打ち壊しが起こった。狙われたのは、米屋や金融業者である。このときの打ち壊しに参加した市民の群れの勢いはすさまじく、取り締まりに当たるべき江戸町奉行も完全に手を上げてしまった。

佐原でも被害がつづいた。天明六年七月に起こった利根川の大洪水は、いつまでも水が引かなかった。そのため田の水が腐った。米はまったく穫れない。農民たちはそれまで蓄えてきた雑穀もすべて食い尽くした。来年の種籾《たねもみ》も食べてしまった。しかし、地頭所はどうしようもない。いままでのように、雀の涙のようなお救い米や、お救い金を出しても、そんなものは焼け石に水だ。だいいち、津田家にそんな余裕がない。

「頼む」

地頭は音を上げて、伊能忠敬と永沢治郎右衛門に村の救済を任せた。忠敬は、天明四年（一七八四）八月に、名主役を免ぜられて、村方後見を命ぜられていた。つまり、永沢治郎右衛門と同じ立場に立たされていたのである。

これは津田家の政策だった。というのは、それまでは永沢治郎右衛門が村方後見役であり、伊能三郎右衛門は名主だ。そのため、津田家がいろいろな御入用金を命じても、

永沢家のほうが多く、伊能家は少ない。そこで永沢治郎右衛門は津田家に、

「地頭の報告によると、伊能家も当主三郎右衛門の努力によって、永沢家に劣らないだけの財力があります。伊能も私どもと同じ格に上げれば、上納金も私どもと同額を差し出すようになるでしょう。また差し出せるだけの力があります」

と報告していた。津田家の当主はこれを受け入れ、伊能忠敬に対し、

「名主役を免じ、村方後見役を命ずる」

と告げた。

「おまえには、永沢と同じだけの財力があるのだから、これからは上納金も同額にするぞ。そのために、村方後見役を命ずるのだ」

ということがこの任命の裏にあった。

伊能忠敬は、甘受した。

こうして、名実ともに永沢治郎右衛門と村方後見役を務めるようになり、地頭から、

「村の救済は、村方後見役たちでよろしく頼む」

といわれたことは、これまた、本来領主がやらなければいけない仕事を、そのまま村役人としての二人に負わされたということだ。

このころの忠敬は完全に、

「地方に災害が起こったときは、幕府も領主もあてにならない。なんの手も打てない。行政能力もなければ財政力もない」

とみかぎりはじめていた。そのことは同時に、

「村方後見役であるわれわれがなんとかしなければならない」

という責任の自覚につながった。

伊能忠敬には、よくいわれる〝禍いを転じて福に変える〟という能力があった。経営者に欠くことのできない資質である。かれは、こういう状況になると、ゼロからスタートできた。それは、なんの援助も得られないままスタートするということでもあるが、同時にまた、

「自分の考える方策が実行できる」

ということでもあった。佐原では、
・地付きの住民が日々の食糧にも困っている。
・それだけでなく、他国や他村から食を求めて多くの放浪者が流入してきている。
この両者をどうするかということだ。もちろん、地付きの住民の救済から先にしなければならない。そこで、かれは永沢と相談してこんな対策を立てた。
・なによりも生産者である農民に、種籾や緊急の食糧を貸し与える。
・町方に住んでいる住民で、完全に飢餓状態に落ち込んだ者は優先的に救済する。町内で正しい調査をおこない、名を書き出す。
・流入する放浪者に対しては、毎日一文ずつの銭を与える。食糧は渡さない。金を持って出て行ってもらう。

しかし、この対策を実行するためには資源が必要だ。それを忠敬はいままで蓄えてきた自分の貯蔵物を全部吐き出してそれに当てた。永沢治郎右衛門にもそれを頼んだ。二人はよく協力して、手持ちの米、種籾などを全部放出した。金も出した。

しかし、窮民たちの救済はそれだけでは成功しなかった。町方で、次のような現象が起こった。

・質屋が次々と商売を休みはじめた。質入れ人が増えたにもかかわらず、貸金の手持ちが不足して、要望に応えることができなくなった。

・米屋が休業するようになった。米価が沸騰して、米屋の資力では買入れが不可能になったからである。

伊能忠敬は、この新たな事実に対して次のような対策を考えた。

・質屋に資金を融通する。

・質の担保品としては、いままでのような金目の物だけでなく、たとえば鍋や釜のようなものも抵当として取ってもらいたいと質屋に頼んだ。その代わりに、資金を融通する。ただし、相手が零細な質入れ人なのだから、利子は極力安くしてくれと頼んだ。

・米屋対策としては、忠敬は前年にたまたま関西方面から安い米を大量に買い込んでいた。

これを米商に安く渡し、

「暴利を貪《むさぼ》ることなく、いままでの値で人々に売ってほしい」

と頼んだ。

この方法は、つまり「金は天下の回りもの」という考えからきている。忠敬にすれば、「現在は武士がどんなに否定しようと、金の世の中だ。しかし金が簞笥《たんす》の底にしまわれていたり、あるいは質屋の金庫の中で眠っていたのではなんの役にも立たない。これが天下を回ることによって、みんなが豊かになる。それには、金を吐き出させるような政策をとらなければだめだ」

ということだ。忠敬は、徳川幕府や大名家が依然としてしがみついている〝米経済〟を否定していた。貨幣経済の進行をきちんと受けとめていた。だから、

「金はないのではない。みなどこかに滞留しているのだ。それを吐き出させることが天下を豊かにする」

と考えていた。本来なら、幕府や大名や旗本が考えなければいけないことだ。

この策が成功した。その代わり、伊能忠敬が放出した米や金の量は莫大なものになった。

人間というのは、不安の念が起こり、それが相乗効果を起こすとパニックに陥る。せっかく鎮静しかけた佐原地域の空気も、春がくるとまた慌《あわただ》しくなった。農民たちのなかに、麦がまだ実らないのに、青田刈りをする者が出はじめたからだ。そうなると、他の

農民もわれもわれもとこれに倣《なら》う。ワッという騒ぎになった。忠敬はすぐ、町役人たちと相談して、

・麦の実が実るまで、麦を刈らせないようにする。

・そのためには、麦が実るまで凌《しの》ぐための米や銭を貸す。

これを実施した。さらに、

・飢饉の後は、必ず疫病が流行る。これを防ぐために、村中に施薬をおこなう。

こういう手配もした。

天明七年（一七八七）の夏に、江戸でたいへんな打ち壊しが起こったという情報が流れたとき、村役人の一部には、

「佐原でも一揆が起こるのではないか」

と心配する者がいた。そして、

「そのときは、地頭の役人に頼んで、こっちへ出張してもらおう」

といった。忠敬は首を横に振った。そして、こういった。

「地頭所の役人は役に立たない。おそらく騒ぎに驚いて逃げてしまうのが関の山だ。もう武士などというのは役に立たない。それよりも、農民たちに米や銭を与えて、頑張ってもらったほうがよほどいい。

もし、一揆をそそのかすようなやつが出れば、そういう農民たちが村方に恩を感じて、必ず防いでくれる」

この考えは、かなりドライだ。取りようによっては、

「いざというときに農民を防衛軍にするために、ふだん米や銭などの餌を与えているのだ」

と受け取られかねない。しかし伊能忠敬が考えたのは、そんな浅薄な〝農民利用論〟ではなかった。かれが考えたことは、

・困窮農民や困窮市民に、米や銭を貸し与えることは、恵みではない。地域が共同して持っている手持ちの資源を分かち合うということだ。村方後見役である伊能・永沢両家は、たまたまそういう地域資源の預かり人にすぎない。

・そういう共同所有のものを、非常の際にお互いに使い合うという気持ちを持てば、住民たちもそういう受け止め方をしてくれる。

・つまり、地域共同社会に生きる一員としての自覚を持ってもらえる。

・そういう自覚を持てば、不測の事態が起こったときにはどうすればいいか、地域共同体の防衛のために一人ひとりが何をしなければいけないか、その責務感が胸に湧くはずだ。

・その根底には、地域共同社会を形づくる一員としての信頼感が存在するはずだ。

・村方後見役として、地域のリーダーとしての自分の役割は、そういう意識を住民たちに持ってもらうように仕向けていくことだ。

・それには、村方後見役として、指導者として権威を振り回すのではなく、自覚と責

任に基づいた行動規範を、自ら示すことが必要だ。

・その示し方も、押しつけてはいけない。よく人間は〝背中から学ぶ〟といわれるが、それと同じで、自分たちも背中から村人たちにそういうことを学んでもらう必要がある。

・そうなると、指導者というのはつねに根気強く時間をかけて、一つひとつ誠実な小さな石を積み重ねていくことが必要だ。

・まして、そういう行為をしているからといって自慢したり、驕《おご》ったりすれば、たちまちその石の山は崩れてしまう。

こういう考え方である。いってみれば、地域共同社会におけるヒューマニズムの構築に伊能忠敬は努力していた。

このことはことばを変えれば、本来行政権という権限を持つ領主が無能なために、村方後見役という農民でありながらその行政権の一部を委任された存在が、責任を感じて、

「領主が無能なら、代わって自分がなんとかしなければならない」

という責務感を発揮したということだ。かれはそれを自分一人でやるのではなく、つねに同役である永沢家と何につけても相談した。共同で事をなそうとした。しかしそれだけではなかった。

「そうなると、村民自身も一人ひとりが権利を主張するだけでなく、義務も果たさなければならない」

と考えた。住民の一人ひとりが義務を果たすということは、

「不測の事態が起こったときは、自分たちの力で解決する」

ということである。幕府も旗本もあてにしない。あてにしないということは、信用しないということの裏返しだ。

住民たちは、形だけの領主に支配されながらも、その領主は住民たちに借金ばかりして、一つも権威を確立しない。何か起こったときも役に立たない。もしも、打ち壊しなどの騒ぎが起こったとしても、これを鎮圧する力は津田家にはない。忠敬は、

「そのときは、われわれ自身でわれわれの地域を守らなければならない」

と考えた。しかしそんなことを、精神訓話的に住民たちに押しつけても、かれらもビビる。その共同精神を植えつけるためには、その意識が発揮できるような住環境をつくりつづけなければならない。また同時に生活の安定をはからなければならない。

「明日の米の心配をしている人間に、自分たちの住んでいる地域を守れといっても無理だ。そういう指示を出す権限が自分たち村方後見役にあるのなら、住民たちが安心してそういう気を起こさせるような状況づくりが大事だ。同時に守るに値する環境の保持が必要なのだ」

忠敬はそう考えていた。かれが子どものころから九十九里の空を眺めたり、あるいは父の実家である小堤村の空を眺めたりして得た天上の星の群れの印象は、これまではどちらかといえば、

「天上の星の運行に比べれば、人間世界など大したことはない」

という、一種の虚無感を生んだ。そういうモノサシを持っていると、身近に起こるどんな出来事も大抵は我慢できた。つまり、

（こんなことは大したことはない。夜になれば、自分には星という友達がいる）

と考えることによって、そのいやな出来事を忘れることができた。あるいは、距離を置いて対することができた。

しかし考えてみれば、それは逃げだ。起こった事態と真っ向から向き合っているということではない。伊能忠敬は、佐原にきてからそのことをしみじみと考えた。だから、かれは俗から身を脱して自分だけ高いところにいるという生き方は、いまでは絶対にしない。むしろ、他人が直面している俗事に自分のほうから出かけていって、

「この問題は自分の責任で片づけよう」

という姿勢を示すことが多くなっている。つまり、かれを支えてきた天上の星の群れが、いまでは形を変えて地域における〝公共精神〟に昇華していたのである。

めぐってきた天運

長かった天明の大凶年も、忠敬と永沢治郎右衛門の協力によって佐原は危機を脱した。すると、不思議なことが起こった。運が忠敬に向いたのかどうかわからない。天がそういう心遣いをしたのだろうか。

天明五年（一七八五）に忠敬が関西の米を大量に買い込んだときは、米価はそれほど高くなかった。しかし飢饉が起こって、諸地方の米価はどんどん上がった。にもかかわらず、佐原地方での米価はそれほど上がらなかった。それは、忠敬が前に書いたようないろいろな仕掛けをしたためもある。しかしそれだけではなかった。

佐原が危機を乗り切ったころ、

「江戸では米の値がどんどん上がっている」

という噂が流れてきた。これをきいた忠敬は、

「もう佐原の人々に米の施しをしなくても大丈夫だ」

と確信を持ったので、残りの米を全部江戸に積み出して売り払った。これが思わぬ利益をもたらした。忠敬は、この利益を、

「格外の利徳を得た」

といっている。この言い方も忠敬らしい。単なる利益ではなく、利益に「徳」の字を付したのは、かれにもそれなりの思いがあったのに違いない。おそらくかれにしても、

「自分たちの善行に対して、天がご褒美をくれたのだ」

と感じたことだろう。後にかれはこのことを思い出して、

「お邸（領主の津田家のこと）は、弱い者には強く、強い者には弱い」

という感想を漏らしている。財政力のない武士権力の脆《もろ》さを鋭くいい当てた言葉だ。

そして、このことは忠敬自身は気づいていなかったが、徳川幕府や大名家など、つまり

武士階級が貨幣経済を無視して米経済にこだわるかぎり、いよいよその傾向を強めていくことは明らかだった。

忠敬は漠然と、世の中の変化を予見していた。それは、天体の運行に法則がないようでもやはりあるのと同じで、

「この世の中もある法則に基づいて動いている」

という実感であった。その世の中がどう変わるかの具体的な変化をつかむことはできないが、しかしどんどん変わりつつあるということは確かだった。忠敬が感じた武士の権威喪失の傾向は、二度と元へは戻るまいと思えた。つまり、かれはこの段階ですでに、徳川幕府の倒壊や、武士階級の消滅を予感していたのである。

そうなると、いよいよ自分たち農民や町人が人間的な能力を発揮できる場が得られるという気がした。

天明の大凶年の危機を克服した自信が、かれにいよいよ引退への気持ちを深めさせた。かれの生涯にとって、このころが一種の真空地帯だったのだろうか。ホッとした時期でもあった。かれも人間であり、まだ四十歳になったばかりの男だ。どういうきっかけからか、一人の女性と接近した。

女性は内縁の妻として伊能家に入った。名前も生まれもわからないという。しかしこの女性は忠敬との間に、男の子二人、女の子一人を生んだ。最初の子は秀蔵と名づけられた。後に忠敬が全国測量の大事業に乗り出したとき、この秀蔵は助手としてまめまめ

しく忠敬の仕事を手伝う。しかし、秀蔵を産んだ女性はいつとはなしに、忠敬の元から去っていったという。

おそらく、忠敬が、寛政二年（一七九〇）四十六歳になったときに、仙台藩の医者で桑原という人の娘ノブを後妻として迎えたからだろう。しかしこのノブも、それから五年後の寛政七年（一七九五）に死ぬ。

幕府伝来の〝米経済〟という重農主義に対し、貨幣経済の進行を直視して、これを一八〇度転換し重商主義政策をとっていた田沼意次は、政策遂行の過程でかなり賄賂《わいろ》をとったために、国民から嫌われた。そして、天明の自然災害もすべてかれの悪政によるものとされ、田沼意次は天明六年（一七八六）八月に、ついに罷免された。

代わって、老中首座のポストに就き、さらに将軍補佐役として、いわゆる「寛政の改革」を積極的に展開しはじめたのが、世人から〝白河の水〟といわれた奥州（福島県）白河藩主松平定信であった。定信の政治は、寛政五年（一七九三）七月までつづく。

定信は人間の倫理を重んずる人物で、子どものころから自分に対しても厳しく、『自《じ》教鑑《きようかがみ》』という自戒の書をつくって人格陶冶《とうや》に励んできた。かれが老中筆頭となって展開した寛政の改革は、

「享保《きようほう》の改革を手本とする」

ということであった。享保の改革はいうまでもなく八代将軍徳川吉宗が展開した政策だ。この政策には大きな何本かの柱があった。

・大倹約をおこなって、冗費を節約する。
・幕府の権威を確立するために、武士の気風を引き締める。
・しかし、外国のすぐれた科学文明などは積極的に取り入れる。
・国内資源の再開発をおこなう。これによって増収をはかる。
などというものである。

定信が実行したのは、このうちの「大倹約の実行」と「武士の気風の引き締め」である。吉宗のいまでいえば、〝攻めのリストラ〟すなわち積極政策はあまり取り入れなかった。引き締めに重点が置かれた。だから後に、

白河の　あまり清きに　住みかねて
濁れるもとの　田沼恋いしき

と、田沼意次の展開した積極政策が恋しがられるようになってしまう。

また、吉宗が、外国の科学文明に関心を持ったように、かれ自身も天文学や暦法に深い関心を持っていた。かれが江戸城内に雨水計をつくって雨量を測定し、その雨量によって訪れる災害を予見していた話は有名だ。

忠敬の出を待つ時代の舞台

吉宗のころは、暦法はほとんど中国から伝わったものだった。渋川春海《しゅんかい》（安井算哲）が貞享暦《じょうきょうれき》をつくったものの、これも中国の暦法に基づいていたために、しだいに誤差が目立つようになった。

吉宗は京都の銀座役人でこの方面に明るかった建部《たけべ》賢弘《かたひろ》を召し出して、幕府の暦法のことを扱わせようとした。しかし建部は、

「自分は老齢なので、門人の中根《なかね》元圭《げんけい》を推薦致します」

と応じた。建部は、当時日本の数学者として有名だった関孝和《たかかず》の高弟だった。したがって中根は関孝和の孫弟子に当たる。

吉宗は了承した。そこで中根元圭は、享保二年（一七一七）、江戸に上った。かれはこの方面で自分の研究成果を発表し、『古暦便覧《これきびんらん》』や『授時《じゅじ》暦俗解《れきぞつかい》』などの本を書いていた。渋川春海の貞享暦ももともとは授時暦を基本にしたものだった。

しかし、これに誤差が生じたということは中根元圭にすれば、自分の研究成果もその誤差を含んだままおこなったことになる。そこでかれは吉宗に意見具申した。

「寛永年間（一六二四〜四四）にキリシタン一揆が起こって、西洋の科学書を日本では読むことを禁じる禁書令が出ております。これを緩《ゆる》めて、西洋の科学書が輸入できるようにしていただければ、暦の誤りも正しく直すことができるでしょう」

吉宗はこれを了とした。享保五年（一七二〇）に禁書令が緩められた。このため、西洋天文学の書物もどんどん日本に入ってくるようになった。こういう点、吉宗は倹約一

辺倒の改革者ではない。はるかに、西洋文明に関心を持ち、これを日本にどんどん導入して、日本の文化水準を高めようと努力した将軍である。

ところが松平定信は、

「寛政の改革は、享保の改革を手本とする」

といいながらも、幕校の強い要請により、同時にまた定信の気質もあって、「異学の禁」という法令を出してしまった。異学の禁というのは、

「幕校では朱子学以外の学問を教えてはならない」

ということであった。しかしそういうように、いわば国全体で学ぶ基本学を朱子学に限りながらも、抜け道が設けられていた。それは、民間で外国の学問を学ぶことを容認したことである。そのため、オランダ学を中心に、多くの洋学者が育った。この連中は、定信の寛政の改革の真っ最中である寛政六年（一七九四）閏十一月十一日に、有名な〝オランダ正月〟を祝う会を開いた。この日が、西洋暦の一七九五年一月一日に当たっていたからだ。

太陽暦と太陰暦にはこういう差があった。後に日本が明治以後紀元節として二月十一日を設定したのは、この日が旧暦の一月一日に当たったからだ。現在、再び「建国記念日」として復活している。しかし、その因ってきたるところは、この日が太陰暦の一月一日であることに変わりはない。

松平定信が厳しい改革にもかかわらずオランダ学の受容を認めたのは、国防問題が持

ち上がっていたからである。とくに、北辺をロシアをはじめ列強がしきりに窺っていた。国後島《くなしり》ではアイヌが反乱を起こしていた。そこで、定信は、

「松前藩に蝦夷《えぞ》の地を委ねておいて大丈夫だろうか」

という気持ちを持った。同時に、

「日本の海辺に面した大名家は、それぞれ海岸防備の責務を強めるべきである」

と考えた。そうなると、当然、

「日本の国が、いったいどんな地理地形をしているのか、正確な測量をおこない、これを地図にする必要がある」

という結論に達した。だから、国防を基本とした政策のために、松平定信も全面的に西洋科学を禁ずるわけにはいかなかったのである。

ただこれにも限界があった。西洋学者たちが西洋の学問を学ぶことは認め、またいろいろな書物の刊行もゆるした。ただ定信は、

「だからといって、幕府の政治を批判することはゆるさない」

という一線を画していた。そのために、『海国兵談』を書いた林子平《しへい》は罰せられた。熊沢蕃山の書物も嫌われた。天皇の存在を声高らかに主張し、幕政批判をおこなった高山彦九郎も自殺させられた。この年、林子平も死んだ。かれは、

「親も無し妻無し子無し版木無し金もなけれど死にたくもなし」

と六つの喪失から〝六無斎《ろくむさい》〟と称して自嘲しながら死んだ。

いってみれば、伊能忠敬が天明の大凶年を克服した時期は、田沼政治が終わって松平政治がはじまった時期であり、同時に国防問題と日本の全国的な測量が求められているという時代でもあった。

こういう空気は、江戸に出店を持つ忠敬のところにもどんどん情報として伝わってきた。江戸では鎌倉河岸に長女イネの婿、盛右衛門景明《せいえもんかげあき》が店を構えていたからである。忠敬は、この盛右衛門に頼んで、京都の出版社から次のような書物を買ってもらった。『古暦便覧』『授時暦俗解』『暦算啓蒙《れきさんけいもう》』『律襲暦《りつしゅうれき》』『観象暦《かんしょうれき》』などである。当時日本の出版業はほとんど京都に集まっていた。京都は工芸品の生産都市であると同時に出版文化の源でもあった。

天明九年（一七八九）は一月二十五日に改元され、寛政と改められた。この年の七月十四日、フランスに大革命が起こり、革命派は「人権宣言」を発した。世界的にも、いろいろと動乱の波が立ちはじめていた。

第五章　新たなる出発

〝自己完成〟へ決断のとき

松平定信が企てた日本全国の実態を明らかにすることには、暦が深いかかわりを持つ。天文学と暦法を無視しては、せっかく測量した地図も役立たない。そこで定信は幕府の「天文方」を強化拡充し、暦局も設置した。

しかし定信のみたところ、幕府天文方の役人たちの学問は、どうもいま一つ遅れている。かれは、たまたま大坂方面で、民間学者でありながら西洋の学問を取り入れて暦法を改めようとしている麻田剛立の噂をきいた。そこで麻田に使いを出して、

「幕府の天文方にきて暦法改正に協力をしてもらいたい」

と頼んだ。しかし麻田剛立は、

「自分は老齢なので、代わりに弟子の高橋至時《よしとき》と間重富《はざましげとみ》を差し向けます」

と弟子二人を推薦したことはすでに書いた。

こういう機運の高まりや偶然の一致は、伊能忠敬の努力や志したことでもない。たま

たまそういう点が集まって大きな面をつくりはじめたのだ。面というのは伊能忠敬に、いうところの〝第二の人生〟を歩ませる場のことである。

新しく迎えた妻のノブの父は、桑原隆朝《たかとも》という仙台藩の医者だ。仙台藩の医者には有名な工藤平助がいる。田沼意次の時代に、工藤は『赤蝦夷風説考《あかえぞふうせつこう》』という意見書を提出した。これは工藤が聞き込んだ北辺のいろいろな風説を書いたものだ。この中で工藤は、
・北辺の防備を堅くする。
・しかし南下してくるロシアといたずらに戦争するのではなく、むしろ積極的に貿易をすることを勧める。
こういうものだった。田沼は、

「長崎でオランダ、中国と貿易をしているのだから、これを拡大してロシア、フランス、イギリス、さらにはアメリカまで広げてもかまわないのではないか」

との貿易拡大論を持っていた。しかし実行に移さないうちに、かれは失脚してしまった。田沼を追放した松平定信も、この北辺問題はそのまま政策として実行した。なにもかも田沼の政治を否定したわけではない。

「北辺防備は、日本国政にとって欠くことのできない重大問題だ」

という認識は定信にもあったのである。

そういう経緯をもつ仙台藩の医者の家に生まれたから、ノブも多少ききかじりで、そういう方面に関心があった。嫁いできた伊能家で、当主の忠敬がしきりに天文学や暦学

関係の本に読み耽《ふけ》り、同時に夜になると、よく外に出て天を仰いで星の運行を眺めつづけている光景にぶつかった。

ある日ノブはこういうことをいった。

「あなたは、本当はやりたいことがおありになるのではないですか？」

「うむ？」

忠敬は驚いてノブを見返した。ノブは微笑んでいた。

「伺ったところでは、ずいぶんと佐原のためにお尽くしになりました。家業ももう揺るがないほどに安定しております。思い切ってご隠居なさり、その本当にやりたいことをなさったらいかがですか？」

「！」

忠敬の目にありありと驚きの色が浮かんだ。しかし、やがてその目が輝き出した。

「おまえは本当にそう思うのか？」

「はい。父は医者でございましたから、患者によくこんなことをいっておりました。やりたいことをやらないことが、いちばん体に毒だ、と」

「面白いことをいう」

忠敬は笑った。しかし、ノブの父が、

「人間はやりたいことをやらないのが体にいちばん毒だ」

といった話はかれの心を広げた。

「なるほどな」

ノブのことばがきっかけとなって、忠敬は矢も楯もたまらなくなった。つまり、本当にやりたかったことは天文学の研究であり、暦学だ。さらにもっといえば、いましきりに江戸のほうから伝わってくる「日本全国の測量」の仕事である。

「もし、お上（幕府のこと）が日本の測量をはじめるのなら、ぜひその仕事に自分も参加したい」

という気持ちは日増しに募っていた。だから突然新しい妻のノブがそう水を向けてくれたことに、忠敬は感謝した。同時に胸の中でともっていた火が一挙に燃え上がった。

忠敬は大きくうなずいた。しかし、こういった。

「家の方は大丈夫かな？」

「大丈夫ですよ。景敬《かげたか》様も成人したことですし、お家のことは心配いりません。あなたがしっかりした土台を築いてくださいましたから、みんなはそれを守っていけばすみます」

「なかなか心強いことをいってくれる。ありがたい。では、お邸様（領主の旗本津田氏のこと）に隠居のおゆるしを願い出よう」

そこで忠敬は、早速地頭所にいって、

「なにとぞ隠居をお認めくださいますよう。家督は息子の景敬に譲りたいと存じます。いままでどおり、何事でもお務めをさせていただきますので、どうか枉《ま》げておゆるしください」

と願い出た。地頭の役人は、すぐこのことを江戸の津田氏に伝えた。ところが津田家では、ちょうど若い息子に家を譲ったばかりだったので、

「伊能に村方後見を辞められたら困る。若い当主同士では心もとない」

という先代の意見があって、

「せっかくだが、おまえの隠居は認められない」

という不許可の通告があった。忠敬はがっかりした。


しかし、だからといって忠敬は隠居を諦めたわけではなかった。かれは津田家のゆるしが得られるようにさらに努力や工作をつづけた。そしてその日のために、「家訓」をつくった。家業や村方後見としての仕事のほとんどを、息子の景敬に任せた。寛政三年（一七九一）に、家訓を完成させた。次のようなものだ。

第一　仮にも偽をせず孝弟忠信にして正直たるべし
第二　身の上の人は勿論《もちろん》身下の人にても教訓異見あらば急度相用《きっとあいもちい》堅く守るべし
第三　篤敬《とっけい》謙譲として言語進退《しんたい》を寛裕に諸事謙《へりくだ》り敬み少《つつし》しも人と争論《そうろん》など成《なす》べからず

三つともごく当たり前のことが書いてあるようだが、先学小島一仁氏の解説によれば、必ずしもそうではないという。第一の「偽をせず……正直にせよ」というのは、忠敬の商人的感覚に基づいていることは確かだが、忠敬自身にもいくつか痛い思い出があった

という。その一つは、次のような話である。

家で暮らしている人数にくらべて、飯米の使用量がかなり多いことにあるとき忠敬が気づいた。調べてみると、飯を炊くお手伝いさんが、朝米をとぐときに、すこしずつ持ち出して井戸端でそっと知っている人間に渡していることを突きとめた。そこで忠敬はその使用人にすぐ暇を出した。忠敬にとって、人から騙されることはいたたまれないほど我慢できなかった。かれ自身が誠実であり正直だったからけっして他人を騙さない。だからかれにすれば、

「他人にも騙されたくない」

という考えがあった。が同時にそれは、

「人間は嘘をつかないということを信じたい」

という願いもあっただろう。

また、かれが佐原の名主になったときに、たまたま景気の悪い時代だったのでその年の祭礼を質素にしようと合意したことがあった。このとき、しかし主旨があまりよくわからない祭礼の実行者たちが、例年のように伊能家にきて、

「寄付をお願いします」

といった。忠敬は断わった。

「今度、祭礼は極力質素にしようというお願いをしたばかりだ。寄付はできない」

寄付をもらいにきた連中は顔を見合わせてすごすごと引き下がったが、通りに出ると

聞こえよがしに悪口をいった。

「今度の伊能家の婿はケチだ」

しかしケチと倹約の差は、前に書いたとおりだ。忠敬の両者の区分は、

「理屈の立たない経費は節約する。しかし、理屈の立つ費用については思い切って差し出す」

ということである。

第二の、

「身分の上下に関係なく、どんな立場の人が言うことでも、役に立つことや正しい意見であれば、必ずそれを取り上げて実行すべきだ」

という戒めは、現代の組織運営にも通ずることばだ。上の人は、

「下の者の意見をきかなければならない」

というが、それは口先だけで実際にはきかない。とくに、自分の意思に反するような意見は全部黙殺する。あるいは腹を立てる。上層部がこういう気持ちを持っているから、中間部に立つ者もしだいに下からの耳に痛い意見は伝えなくなる。耳当たりのいいおべんちゃらやお世辞のようなものばかり受け入れる。そして、

（おれも大したものだ。みんな誉めている）

とひとりで悦に入る。こうなると、リーダーとしての堕落がはじまる。自分に対する厳しさを失ったリーダーは、それだけ緊張感を失ったということだ。同時に、

「限りなく自己変革をし、自分の質を高めていこう」

という向上心を失ったことにもなる。むかし、ある高名な作家が、

「相撲の美は、仕切りの緊張感にある」

といった。つまり、制限時間がいっぱいになって、立ち上がってからの対者同士の美しさよりも、むしろ仕切り直しを繰り返しているときのあの緊縮した肉体にこそ、それぞれの気迫と緊張感が漲《みなぎ》って、人間の肉体美が発見できるということだ。この考え方は何につけても適応できる。リーダーも、人を見事に指揮しているときが美しいのではなく、そのリーダーシップを自分の身につけていく個人の孤独な努力の中にこそ、そういう人間美が漲っているということだ。

伊能忠敬が、こういうことを書いたのはおそらく自分の身に引き比べてのことであったろう。つまりかれが養子に入ったころは、養家先伊能家においても、あるいは地域の佐原においても、かれの言うことはまだそれほど用いられなかった。意見が尊重されなかった。

「他国からきた養子婿殿に、佐原の実態がわかってたまるか」

と、地域の古くからいる人々はそう反発しただろうし、また伊能家内部においても、一、二の人は別として、

「さんざんあちこちをうろつき回ってきたこの男に、本当に名門伊能家の当主としての取り仕切りができるのだろうか?」

という疑問を持ったことは確かだ。そういう針の筵《むしろ》というか、冷たい風の吹きまくる座に長年いた忠敬は、しかしだからといってそれに反発したり、またひねくれたりすることはなかった。かれは、

（確かに自分は子どものときから苦労してきた。しかしだからといって、根性がねじ曲がっているわけではない。冷たい風が吹けば、すぐそれにむきになって向かっていくような気持ちはない、むしろ、なぜその風が自分に吹きつけるのか、またどこから吹いてくるのか、その風は止めることができないのかを考えることが大切だ。結果には必ず原因がある。原因を探求すれば、必ず解決方法がみつかる）

と考えてきた。これは忠敬の特性である合理性あるいは科学性の色濃い考え方だといっていいだろう。

こういう考え方を貫くのには、なんといっても根気と時間がいる。忠敬はその根気と時間を活用した。根気は自分の問題だ。時間は自然の問題でこれはどうにもならない。しかし、世の中のことは、

「すべて時が解決する」

といわれる。時間というのは人間にとって大きな味方だ。忠敬はこれを大いに利用した。かれは、子どものときから天上の星の群れをずっとみつづけてきたから、時間の悠久さを知っていた。いってみれば、かれの頭の中にあるのはつねに〝無限の時間〟である。前に書いたサマセット・モームの『人間の絆』という作品で、主人公フィリップに

哲人クロンショウがいった、
「天体の動きに比べれば、人間の営みなど虫のようなものだ。条件が揃って人間が生まれ、条件が揃って人間は死んでいく。大したことはない……」
というようなことばと同じだ。
しかし忠敬は、現実に地域のリーダーとして行動しなければならない以上、
「地域の問題は屁《へ》みたいなもので、星の動きに比べたら、なんの意味もない」
などとはいわなかった。かれは真剣にそれらの問題と取り組んだ。その姿勢がしだいに伊能家の人や地域の人々の胸を打った。
「この婿殿は本気だ」
と思わせた。忠敬が地域の問題に取り組んだといっても、かれはいままで地域に伝わってきた古い手法によってすべてを解決したわけではない。かれなりに考え、
「このほうが合理的ではないか」
と思うことは、伝わってきた因習をどんどん壊した。いってみればかれは、つねに世の中を妨げている三つの壁、すなわち、
物の壁
仕組みの壁
心の壁
に挑戦していったのである。そして伊能家の人々も、地域の人々も、はじめのうちは、

「この婿殿は、古いしきたりを重んじない」

と反発した。ところが、忠敬のいったとおりにしてみると、案外それが世の中の道理であり、同時に人々が暮らしていくうえで便利なことが多かった。

「なるほど、いままでのやり方よりも、婿殿の言うことのほうがいい」

ということは、伊能家の人々も、また佐原の人々も感じた。忠敬の発言力はしだいに増していった。そして、かれが祭の寄付を断わるようなことがあっても、断わって保留した金を思い切って投げ出し、飢饉に備えて関西から安い米を大量に買っておくというようなことをみると、

「なるほど、あの人のやることは違う。自分の暮らしは引き締めても、地域のためには大金を投げ出すことはなんとも思わない」

と感じ取るようになった。

忠敬のやったことは、現在のことばを使えば、そのまま〝リストラクチャリング〟である。リストラクチャリングということばは、不況下に喘《あえ》ぐ企業組織が、減量経営を主としておこなう節約一辺倒の意味にとられているが、本来はそうではない。
・次々と状況が様替わりするにつれて、客のニーズも変わってくる。
・客のニーズの中には、いままでのニーズの中でもとくにもっと拡大してほしいもの、あるいは新しく湧いてきたものの二つがある。
・そうであれば、経営体としては場合によってはある仕事については拡大再生産、あ

るいは新規事業を興すことが必要になる。

・しかし、それらのことを実行するのには資金が不足する。

・そこで、思い切った大倹約をおこなう。倹約によって保留された資金を、客のニーズに対しては拡大再生産をおこない、あるいは新規事業を興す。そういう面には、思い切って設備投資をし、また人をつけ予算をつける。

・そうなると、当然組織の改変、人事異動、仕事の持ち替えなどがおこなわれる。

・しかし人間というのは保守的な面があって、自分のこととなると反対する。つまりよくいうところの総論賛成各論反対だ。

・こういう傾向のある組織人を、どう説得し、納得させて新しい経営方法に協力させるかが、本当のリストラクチャリングだといわれる。

・そして何よりも大切なのは、はじめ反対した者や対立した者も結果的には納得させ、一人の積み残しや置いてけぼりもなく、みんなが気を揃えて一緒に手をつないで歩いていくということが大事だ。

伊能忠敬が養家先や地域でおこなったことは、まさしくこのプロセスをたどっている。伊能忠敬もまた、

「江戸時代における、リストラクチャリングの名人」

だったといっていい。つまりかれは、単なる養子ではなく、資質的にすぐれたリーダーシップの持ち主でもあった。そしてそのリーダーシップも、持って生まれたものでは

なく、かれがそのとき、そのときにおける自分の置かれた状況に対して、真摯に向かい合い、解決策を必死に探求した結果、得られたものだった。

だから、二番目のかれの家訓には、そういう自分がたどってきた苦労の積み重ねと、同時に、

「人間の努力には限りがない。また、相手を頭からきめつけてはいけない。異（意）見がある者は、素直に聞くべきだし、また異見をなかなか口に出せない者に対しては、こっちから水を向けてそれを引き出すように努力すべきだ」

そういうことを積み重ねてきた結果、伊能家においても佐原においても、かなり自分の言うことが通るようになったではないか、という自負の気持ちも含まれていただろう。しかし、これはかれにしていえることばであって、ほかの誰もがいえるということばではない。汗と脂と血の滲むような年月の積み重ねがあって、はじめてこういうことばになったのだ。とくにかれの、

「目下の者の異見もきちんと聞かなければいけない」

という考えは大切だ。当時は身分社会だから、人間は、

「上をみるな。下をみろ」

といわれていた。同時に、上の者に対しては、

「長い物には巻かれろ」

ということで、口答えをしたり反対したり、あるいは指示命令に背くようなことは絶

対にゆるされなかった。これは儒学からきた武士社会における、「君臣の大義」に基づいている。戦国時代はこれが反対で、

「君、君たらざれば、臣、臣たらず」

というのがモットーだった。つまり、

「主人が主人らしくしなければ、部下も部下らしくしない」

ということである。主人が主人らしくしなければということばの意味には、「部下の生活保障能力」が最大の物差しだという考え方が含まれている。つまり、部下を食わせる能力がなければ、部下はどんどん主人を見限ってもいいという考え方である。しかし、いつまでもこんな考え方を持っていられたら、安定期に入ったときの主人はたまったものではない。そこで、徳川幕府は中国の儒学の中でも「朱子学」を導入した。この考え方は、君臣の態度を説き、

「君、君たらざれど、臣、臣たれ」

という考えを持っていた。つまり、

「主人が主人らしくなくても、部下は部下らしくしなければならない」

ということだ。使用者側にとってまったく都合のいい一方的な論理である。

しかし、安定期に入り、また鎖国までして日本列島を巨大な檻《おり》にしてしまった徳川政権は、この考え方を国民に押しつけた。それは武士階級だけではなく、一般市民にも適用された。いわゆる豪商とか名門といわれるような町家では、これを都合のいいモット

ーとして代々守りつづけた。使用人は、半ば奴隷的な立場に追い込まれた。したがって、そういうことが染みわたっていた江戸時代の中期において、伊能忠敬がこういう考え方を持ち、同時に家訓として文書化したことは、かなり革新的なことだったといっていい。

現代の組織になぞらえていえば、これは下から上に対して意見が上昇していく、いわゆる〝ボトムアップ〟のことである。組織においては、

・情報と指示が上から下に澱《よど》みなく流れていくトップダウン

・下の者の持つ不平不満や意見が必ずトップに達していくボトムアップ

この二つが、折れ曲がることなく、また間にゴミのたまらない直円筒のパイプを通して、お互いに交流することが組織を生き生きと動かすことだといわれる。したがって、トップダウンとボトムアップの二回路は、組織運営において欠くことができない。伊能忠敬は、それをこのころすでに実行していたのだ。そしてかれが、

「下の者の異見を重んじなければいけない」

ということこそ、かれが子どものときから苦労してきて、下積みの人々の中で、言いたいことがあってもいえず、また、上が間違っていると思っても、結局は長い物には巻かれろ精神で、何もいえず、自分がその苦しみを背負い込まなければならないような存在を数多くみてきたからだ。単なる、思いつきによった教訓ではなかった。

三番目の「篤敬《とっけい》謙譲」にはじまる家訓は、地域への心構えを述べたものだろう。同時にそれは一家の当主としての心構えでもあった。ここに書かれたことは、ほかの有名な

商家にある家訓にはあまり見受けられない。つまりこの一文は、あくまでも当主に対する戒めだからだ。しかも、

言語進退を寛裕に諸事《しょじ》謙《へりくだ》り敬《つつし》み少しも人と争論《そうろん》など成《なす》べからず

という細かい戒めは、完全にトップリーダーの「自己陶冶」を求めるものだ。よくこのころの勉学のテキストとして「四書五経」（『大学』『中庸』『論語』『孟子《もうし》』の四書と『易経《えききょう》』『書経』『詩経』『礼記《らいき》』『春秋』の五経）ということばが使われた。中国のテキストを九つ並べたものだ。その四書のトップの『大学』という本の中に「譲」という徳のことが書いてある。

この「譲」という徳をもう一度興そうとして、「興譲館」という学校をつくったのが、伊能忠敬よりも少し前に出羽（山形県）米沢藩の経営改革をおこなった上杉鷹山である。もちろん、鷹山が命名したわけではなく、かれの学問の師細井平洲《へいしゅう》が名づけたものだが、平洲の考え方にすれば、

・いまの世の中で、もっとも欠けているのは、「譲」という徳だ。
・「譲」という徳は、単なる「譲る」ということだけではない。もっと積極的に、他人や地域に自分の富や徳を差し出す、ということも含まれる。

と定義した。

興譲館という学校は、

「地域における、お互い同士のヒューマニズムを生むような人々を育成しよう」

という目的でつくられたものである。現代もまたこの「譲」という徳がいかに欠けていることか。人々は、自分の利益を追って、他人を突き飛ばし、割り込み、足を引っ張り、われ先にと目の色を変えて利益に突入していく。いまの世の中でもっとも欠けているのが、

・待つ。
・しばらく状況をみる。
・人に感謝する。
・人に譲る。
・自分の持っているものを他人の幸福のために差し出す。

などという精神だ。二宮尊徳のいう「推譲」である。二宮尊徳は人間の生き方として、次のような四つの項目を設定した。

・分度
・勤倹
・推譲
・報徳

である。分度というのは、自分の分を知るということだ。条件に合わせて、自分の生活態度を決めるということである。勤倹というのは「勤苦して倹約する」ということである。単に勤労ということばを使わずあえて勤苦というのは、

「荒れ地を開発するような、苦しみを伴う労働が人間を鍛える」

ということであるからだ。チャレンジ精神を発揮するうえで、苦しみに立ち向かうことが人間をより向上させる。そして、勤苦すれば必ず富を得られる。しかしその富は自分の分度に応じて使う。そうすれば必ず余りが出る。その余りを、

「他人に差し出す。地域に差し出す」

ということが推譲だ。そうなれば、差し出された側は必ず感謝する。感謝すれば、

「差し出された分によって自分は危機を脱することができた。差し出した人にお礼をしよう」

という考えを持つ。誠実な人であれば、お礼をするときに差し出された分だけでなく、今度はそれに自分のお礼の気持ちを、たとえば利子として加えることもあるだろう。

「それが、社会の万人を潤《うるお》す資金になる」

とかれは考えた。この考え方をもって、

「二宮尊徳が発明したのは、現在の無尽《むじん》か信用組合の源だ」

という人がいるが、必ずしも当たってはいない。かれはそんな金の回り方だけを考えて、こういうことをいったのではない。もっと人間全部が、他人のことを考え、地域のことを考えて、いってみればヒューマニズムによって構築されるユートピアを夢見ていたのだ。だからかれはこれによって形づくられる社会を「一円融和」といった。

一円融和の社会は、けっして人間が夢見る幻の社会ではなく、二宮尊徳にすれば実現

可能な社会であった。しかし、こういう社会の提唱は、目前の利益に血眼になっている人々にはすぐ理解はできない。

「そんな遠くに森をつくるよりも、今日の飯をどうするかという目前の一本の木のほうが大事だ」

という現実主義は、いつの世でもかなりの説得力を持つ。この現実重視の説得力の前に理想はしばしば立ち往生する。しかし、二宮尊徳は旺盛なパワーと、類《たぐ》い稀《まれ》な情熱を持って推し進めていった。

伊能忠敬が佐原で実現しつつあった社会も、まったく同じだろう。かれが駆使したのも、二宮のいう「推譲の精神」にほかならない。ただ二宮尊徳と比べて忠敬の違うところは、

「そういう理念を追究する指導者が、あまり押しつけがましい態度をとると、相手がいやがる。拒絶反応を起こす。したがって、それを推し進めようとする指導者は、あくまでも遜《へりくだ》って、謙虚に人々に対すべきだ」

と説くのである。かれのいままでの経験から、どんなにいいことでも、その告げ手に対する印象が悪ければ、人々は納得しないということをよく知っていた。これは人間社会において、「何をやっているのか」よりも「誰がやろうとしているのか」ということが重んじられる。日本人特有の資質である。つまり、頭のほうではそのことが非常にいいことだと理解しても、相手が気にくわなければ、嫌いだという感情が動いて、その人

間の言うことを聞かない。だから、

「いいことを他人に協力してもらうのには、言い出しっぺが他人から好感を持たれるような人間にならなければだめだ」

と考えていた。伊能忠敬がこういう考え方を持ったのは、必ずしも二宮尊徳の成功と失敗の経験をみていてのことではないと思うが、忠敬にすれば、

「人々に対しては、どんないいことでも押しつけがましい態度をとったら絶対に受け入れられない」

ということを知っていた。

家の運営についてだけでなく、当主のあり方に対しても短い文章ながら、かなり意味の深いこういう家訓を残したのは、忠敬にすれば、

「家は景敬《かげたか》に継がせる。自分は隠居して本当にやりたいことをやる」

という、隠居への希求心がいよいよ募《つの》っていたからだ。

最大の理解者・妻ノブの死が決断に拍車

しかし、領主の津田氏はこの忠敬の切なる願いをなかなか認めなかった。逆に、家訓を書いた翌年の寛政四年（一七九二）、領主の津田氏は忠敬に、

「長年の努力に報い、三人扶持を給する」

と告げた。一人扶持というのは、一日に、米五合を支給するということだ。だから三

人扶持というのは一日に米を一升五合与えるということである。

しかしこれは単に米を与えるということだけではすまない。主家から給与を受けるということは、それだけ家臣に近い立場に位置づけられたということだ。何かあって文句をいっても、

「何をいっているのだ？　おまえに、三人扶持の給与を与えているではないか。給与を受けているということは、家臣も同様だぞ」

といわれる。米一升五合は、津田家と伊能忠敬との間に一種の身分関係をさらに堅く結んでしまったということになる。忠敬はうんざりした。

(私の隠居も、津田家は認めてくださらないのか)

と不満が高じた。そんなこともあってか、忠敬は気晴らしに、

「お伊勢参りをしてくる」

といい出した。翌年の寛政五年（一七九三）、忠敬は佐原に近い村の有力者たちの間でつくった「伊勢参りのための講」に呼びかけて、伊勢参りに出た。一行は十人である。三月上旬に江戸を出た。東海道を下りながら、いろいろな名所旧跡を眺めつつ三月二十三日に伊勢神宮にお参りをした。

そのまま帰らずに、さらに奈良、吉野、高野山、和歌浦《わかのうら》、堺、大坂、兵庫などを見物して歩いた。最後には京都に入った。六月の初旬に戻ってきた。実に三か月以上にわたる大きな旅だった。

この旅のときに、忠敬は磁石や望遠鏡を持っていっている。前に死んだ妻のミチと奥州にいったときは、まだ物見遊山的な旅の色彩が濃く、通った地方の自然に対する測量はおこなっていない。しかし、伊勢詣では、景勝地である二見浦《ふたみがうら》などで、遠くに見える岬や山の頂きなどの方位角を測定してメモしている。吉野や駿府では、夜になると外に出て天体を観測し、緯度を推定している。

それだけ忠敬の関心が天文学や測量学に向いていたことを物語るものだが、このころまでかれは別に系統的に師について学んだわけではない。あくまでも独学である。しかし、その独学もこういうことを可能にするほど進んでいたのだ。

この伊勢参りでのもっとも大きな収穫は、久保木清淵《せいえん》を知ったことだ。久保木清淵は、通称太郎右衛門といって佐原の近くの津宮村の名主だった。かれも「伊勢参りのための講」の一員だった。しかし、漢学の素養が深く、何かにつけてそういう学問を根拠にしながらいろいろなことを語った。その博学ぶりに忠敬は驚いた。それは、久保木清淵が忠敬よりも十七歳も年下だったからである。

（世の中には、人がいる）

と忠敬は思った。そして持論の、

・学ぶ人（師）
・語る人（友）
・学ばせる人（後輩）

という、人間社会における〝三とおりの人間との出会い〟の感を深くした。久保木清淵は、若いけれども伊能忠敬にとって、まさしく「学ぶべき師」であった。それはかれが独学のうえから経験した必要性からもきていた。このころ西洋の学問は、すべていったん中国語に訳されて、漢書として日本に移入されていた。西洋の学問を原語で読むわけではない。全部漢文で読む。そうなると、たとえ西洋の学問に関心を持っていても、学ぶ者はまず漢文を学ばなければだめだ。忠敬もそういう必要性をしみじみと感じていた。

そこへ降って湧いたように、久保木清淵があらわれたのだ。伊勢旅行の折々に、忠敬は積極的に自分から求めて清淵から漢学を学んだ。清淵は後に、忠敬の日本全国の測量の仕事に協力する。それは、忠敬がときおり必要になる自分にない知識を、清淵が持っていたからだ。

伊勢旅行から帰った翌年、忠敬は、

「徳川幕府が改暦事業を計画している」

ということをきいた。江戸の出店の管理者である婿の伊能盛右衛門がもらした情報だった。それをきくと、忠敬の気持ちは居ても立ってもいられなくなった。妻のノブが、

「まるで小さな子が駄々をこねているようですね」

と笑った。忠敬は改めて領主の津田家に、

「ぜひとも隠居させてください」

と願い出た。婿の盛右衛門は、さらに忠敬の気持ちを煽《あお》り立てるようなことを書いてきた。

「幕府天文方は、暦を改めるために、大坂の麻田剛立《あさだごうりゆう》先生のご門人、高橋至時《よしとき》様と間重富《はざましげとみ》様のお二人を招くそうです。幕府では、麻田様をお招きになりたかったのだそうですが、麻田様のほうがご高齢だということでご辞退なさり、ご門人の高橋様と間様をご推薦なさいました。

高橋様は、大坂城の同心であり、間様は大坂の商人だそうです。歴とした幕府の天文方のお役人たちの学問が不足で、高橋様や間様のほうが進んだ天文学を身につけておられるというのは、近ごろにない面白い現象です……」

盛右衛門の批評も加えた手紙は、伊能忠敬にとって涎《よだれ》の垂れるような思いをさせた。

盛右衛門はさらに、

「今年の閏《うるう》十一月十一日に、オランダ流医学の大家で、江戸京橋に塾を開いておられる大槻玄沢《おおつきげんたく》先生が、お仲間をお集めになって、〝オランダ正月〟の会をお開きになりました。何でもこの十一月十一日が、西洋の暦の新しい年の一月一日に当たるそうです。江戸もずいぶんと変わってきました……」

この手紙も忠敬の気持ちを煽り立てた。忠敬はまた地頭所にいって、

「先日お願い致しました隠居の件はいかがでございましょうか?」

と催促するとともに、こうつけ加えた。

「伊能家並びに佐原の地域がご協力して参りましたことにつきましては、息子の代になってもすべていままでどおりのことをさせていただくつもりでございますので、その点はどうかご安心いただきとうございます」

このことは、

「自分が隠居しても、あなたの家に対する上納金などは変わりません。どうかそのおつもりでご心配なく、私の隠居をお認めください」

ということだ。ここまでいわれて津田家もついに覚悟した。

「隠居をゆるす」

寛政六年（一七九四）、ついに領主の津田家は伊能忠敬の隠居を認めた。喜んだ忠敬は、即日自分の名を「勘解由《かげゆ》」と改めた。勘解由というのは、伊能家の当主が隠居したときに名乗る名だ。当主であったときは、三郎右衛門であったものが、隠居すると勘解由になる。

このころ、忠敬の身辺にまた一つの事件が起こった。それは、妊娠した妻のノブが、出産のために実家に帰っていたのだが、難産で死んでしまったことである。

これにはさすがの忠敬も、呆然とした。ノブと暮らした月日はそれほど長いものではない。しかし、医者の娘だけあって忠敬の性格をよく理解していた。事に触れては、

「早く隠居をなさって、本当になさりたいことをなさってください」

と煽った。だからこのころでは、夜になると自分から外に出て、

「あそこに珍しい星が出ていますよ。昨日までは気がつきませんでしたのに」

などといって、家の前を流れる運河のほとりに、忠敬を連れ出したりした。連れ立って空を仰いでいる二人の姿を、町の人たちはよく目にした。

「あそこの夫婦は変わっているな」

と囁《ささや》き合った。だからノブは、いままで忠敬に接触した人間の中でも、時間は短かったがもっともよく忠敬の本質を知っていたといっていい。そのノブが死んだ。忠敬はとまどった。

もう一つ事件が起こった。それは、長女イネの婿である江戸の盛右衛門が、魔がさしたのか商売上で大きな不始末をしでかしたことだ。忠敬が前につくった三か条の家訓は伊能家の当主景敬だけに書いたわけではない。

「景敬だけでなく、伊能家にかかわりを持つ者はすべてこの家訓を守らなければならない」

と宣言していた。江戸の盛右衛門にも送ってあった。したがって盛右衛門の行動は明らかにこの家訓に背くものだった。忠敬は怒って、

「盛右衛門を離縁する」

と宣言した。ところが娘のイネが、

「盛右衛門さんと別れるのはいやです」

といい張った。忠敬はびっくりした。なんでもはいはいと従ってきた娘が、突然、父

親に向かって反旗を翻《ひるがえ》したのだ。忠敬は考えた。

（自分はすでに隠居した身だ。何もかも当主の時代のように、自分の満足のいくように整理しようと思っても無理だ。ここはもう家を継いだ後継者に任せよう）

それに、せっかく津田家が隠居を認めてくれたのだ。気が変わらないうちに、早く天文学や測量学の世界に飛び込んだほうがいい。ノブの死は、かれのそういう気持ちをさらに促進させた。

忠敬の〝生涯青春〟の生き方哲学

六月になると、忠敬は江戸に出た。そして深川の黒江町に家を構えた。すぐ、高橋至《よし》時《とき》のところへいった。

「お弟子にしていただきたい」

と申し込んだ。

新しく幕府天文方の役人として採用された高橋至時と間重富は、浅草にあった暦局（司天台）に勤めることになった。これは、江戸からの情報を事前にキャッチして自分の出府（江戸へ出ること）の日時を、二人の出府に合わせたのかどうかよくわからないが、偶然にしてもとにかく忠敬は運がよかった。

高橋至時はこの時三十二歳だったから、自分よりも二十歳近く年上の忠敬が弟子にしてほしいというのには驚いたにちがいない。しかし、話してみるとすでに相当な知識を持っている。また自分なりに、観測した天体の運行についてもふつうの人間には及びもつかないような考え方や理論を持っていた。

（関東にも、こういう人がいるのだ）

たまたまその席には、間重富もいたが、二人は顔を見合わせた。間はうなずいた。目は、

（お弟子になさい）

と告げていた。至時は承知した。高橋至時の天文方の教授方法は、

・まず、中国の暦法を教える。

・その後西洋の暦法を教える。

という方法をとっていた。たとえ正確でなくても、やはり中国の暦法を基本として修めなければ、西洋の暦法の理解も困難だと思ったからだ。同時に、西洋の暦法といっても外国語で書かれた暦法の本を読むのではなく、前述したように、漢文に訳された西洋の暦法を学ぶという迂遠な方法がとられていた。

前に書いたように、麻田剛立とその弟子たちは、すでに西洋の暦法を漢文に直した『暦象考成《れきしょうこうせい》』という本の存在に気がついていた。『暦象考成』は前篇が上下篇あり、後篇も続刊されていた。『暦象考成』は明代末に中国にやってきた耶蘇教の宣教師が、西洋の暦法を中国文で書いたものだ。これが清代に改訂された。内容は、天動説を唱え、天体の運行も円運動の組み合わせによっておこなわれていると説明していた。しかし、後

篇のほうが日本では希少価値があり、それだけに値も高くなかなか手に入らなかった。それを金持ちの間重富が買い込んできたのである。

高橋至時は、伊能忠敬に対し、

「あなたは、中国の暦法を学ぶ必要はない。いきなり『暦象考成』からお入りなさい」

といった。忠敬の学力がそこまで進んでいたからだ。忠敬は感謝した。

高橋至時に学ぶ一方、忠敬は自分なりに深川黒江町に天文台をつくった。そして、間重富に頼んで、測量に必要な器械をどんどん買い込んだ。正確な測量に必要な望遠鏡、方位盤、象限儀《しょうげんぎ》、垂揺球儀、子午線儀、測蝕定分儀などが次々と整備された。このことを知った高橋と間は、

「われわれ幕府の天文台より、伊能さんの天文台のほうがよほど器械が揃っている」

と苦笑した。観測器械のほとんどは、関西方面で購入された。しかし研究心の旺盛な忠敬は、買い込んだ器械をそのまま江戸の職人大野弥五郎や弥三郎父子に渡して、

「これと同じものを工夫してつくってくれ」

と頼んだ。金に糸目はつけなかった。もう一つ、大切なことがある。それは、

「伊能さんの天文台のほうが、幕府の天文台より器械が揃っている」

という師高橋至時のことばを忠敬はそのまま聞き捨てにしなかったことである。忠敬は私財を投じて、幕府天文台の器械の整備にも努力した。高橋や間が驚いて、

「弟子の伊能さんがそこまでやることはない」

といったが、忠敬は首を横に振って微笑んだ。

「私は老齢の身で、先生方にご迷惑をかけております。若ければもっと学問が進むのでしょうが、やはり年で頭が硬くなっています。せめてお詫びのしるしにこのくらいのことはさせてください。先生方からみれば、始末に負えない弟子でしょうから」

そういう冗談をいって、幕府天文台の器械整備にはどんどん金をつぎ込んだ。

このへんは、やはり定年後の第二の人生を送る現代の人々にもかなり参考になる。

最近は、企業でも「定年後の生き方」ということをテーマに、定年の六十歳になる直前、あるいは五年前の五十五歳になったとき、さらに十年前の五十歳になったときを選んで、ポストに関係なく年齢で仕切って社員を集め、研修をおこなうところが多くなった。筆者もよく講師として呼ばれるが、企業が用意する科目は次の三つだ。

・お金の管理

・体の管理

・心の管理

確かにこの三つは大切だ。現在の社会保障制度が必ずしも定年後の日本人の生活が安心して暮らせるようなシステムになっていないことは、前に書いた。つまり、いまでもまだ、

「人生五十年」

という考え方が、どこかに尾を引いているからである。巨額の金がかかることなので、

保障制度がまだまだ現実に追いついていない。そうなると、やはり定年後も組織を辞めた人は自分で自分の生活費を準備しなければならない。したがって、「お金の管理」すなわち「財テク」は欠かすことができない。また体の管理というのは健康の保持のことで、これも大切だ。

しかし、財テクをおこなうにせよ体の健康を保持していくにせよ、やはり「気持ちの持ち方」「心構え」を、明るく平静に保っていく「精神の管理」も欠くことはできない。そしてこれは、やはり、

「自分はどう生きるか」

という一人ひとりの心構えに尽きる。筆者が担当するのは主として最後の「心構え」のことだが、しかし話すたびに自信はない。というのは、早くいえば、

「こんなことは大きなお世話ではないのか？」

という疑問が湧くからだ。どう生きていくかということは、それぞれ六十年も人間をつづけてきたのだから、一人ひとりが固有の人生観を持っている。それを脇から、

「年を取ったらこういうふうに生きたほうがいいですよ」

などと水を差すのは大きなお世話だ。私のほうも、

「そんなことは自分で決めればいいじゃないか」

という気持ちがするが、しかし頼まれて、そんな冷たく突き放すこともできない。そこで、自分の経験から、

「定年後は、こういうことになりますよ」

ということを話す。こういうことになるというのは、

・年賀状が減る。

・盆暮れの挨拶が減る。

・新年の挨拶にきていた者がこなくなる。

・前に勤めていた会社にいっても、どこか儀礼的でよそよそしく扱われる。みんな忙しくて、時間をかけて構ってくれない。

いってみれば、

「まず出会うのが孤独感ですよ」

ということを話す。それは、定年時に名刺の肩書が取れたただの個人からスタートしなければならない状況に追い込まれる、ということだ。ゼロペースからもう一度はじめなければならないということでもある。

「そういうときに、どう精神を保っていくか」

ということを話す。それには、

「人間はつねに〝一期一会〟の精神を持って生きることが大切で、一期一会というのは、社会においてはつねに三とおりの人と出会っているということだ。三とおりの人というのは学べる人、語れる人、学ばせる人のことだ。年齢、過去、ポスト、性別、いっさい関係ない。新しく生まれた赤ん坊として、丸裸の状況から世の中を見直すべきだ」

と語る。

伊能忠敬が第二の人生のスタートを切ったときに、全部が全部きれいごとで出発したと思うのは間違いだ。伊能忠敬は、佐原にいたときも、

「ケチと倹約は違う。自分は無駄な金は使わない」

と唱えた。ケチと倹約の差はすでに書いたが、この高橋至時に対する態度もその流れの延長線上にあった。つまり、昔は祭の寄付も断わるようなかれが、佐原地帯に飢饉が起こったとみれば、すぐ私財を投げ出して、米を買い、それをばら撒く。しかしそのばら撒き方も、単なる米の放出で終わらせるわけではない。米にかかわりを持つのは消費者だけではない。米商人がいる。また金に困った消費者が担保を出して金を借りる質屋がいる。こういう生業を営む人々がともに生き抜けるような状況づくりが大事だ。そのために忠敬は、

・まず、根本的に必要な米を自分が関西方面から安く買い込んだものを全部放出した。しかしこの放出は米屋に対しておこなった。

・その代わり米屋に対しては、

「こういう時期だからといって、暴利を貪《むさぼ》っては困る。いままでの値で売ってほしい」

と頼んだ。

・質屋には資金を貸しつけて、
「いま消費者は、非常に困窮している。質草もろくなものはない。たとえ鍋や釜を持ってきても、金を貸してやってくれ。利子はあげる」

と頼んだ。

いってみればこれは「三方一両得」だ。

「三方一両損」というのは、名奉行大岡越前守の判決である。大岡の場合は三方が一両ずつ損をすることによって安定が保たれた。ところが伊能忠敬の場合は、三方が一両ずつ得をするような方法をとった。つまり、消費者、米商人、質屋の三者が、いままでの生活態度を崩すことなく、平穏に利益が得られるような仕掛けをしたのである。

高橋至時の門に入った後、忠敬はいろいろ金がかかったに違いない。月謝も必要だがそれだけではない。忠敬は、自分の深川黒江町につくった天文台に、たくさんの器械を買い込んだ。これにも莫大な出費がされた。合わせて、かれは高橋至時の勤める幕府天文台にも多くの寄付をした。これもたいへんな金額だった。

忠敬は、こういう費用が支出可能な状態をつくり出していた。それは、忠敬自身がこのころ別に収入源があるわけではないから、当然、佐原の伊能家から出ることになる。ふつうなら、

「ご隠居さん、少し道楽の度が過ぎるのではないですか？　そんなにザブザブと湯水のようにお金を使われては困りますよ。いくらあなたが当主でいたときに家業を復興した

としても、そんなことをされては元の木阿弥になってしまいますよ」

跡を継いだ現当主をはじめ、親戚一同からそういう苦情が出るのは目にみえている。ところが忠敬の場合、それがない。全員が全員こころよくだったかどうかはわからないが、しかし少なくとも表面立った抵抗もなく、忠敬が望むままに金を出している。これは、いってみれば忠敬が当主であったときから、

「隠居後に、そういう金を出せるような状況づくり」

をおこなっていたということだ。これは単に「ケチと倹約の差」の考えを、伊能家に叩き込んだからだというだけではなかろう。

「忠敬様なら、そのくらいのことをしても当然だ」

という応援態勢がきちんと整えられるようなことを、忠敬がしてきたということだ。それは、単に目にみえることだけではなかろう。目にみえないソフトな、精神的な訓育も忠敬が長年かかっておこなってきたということだ。つまり忠敬が隠居後、天文学や暦学を学んで、さらに測量にまで手を伸ばそうということを、みんなが喜んで支持するような態勢づくりをかれがすでにし終わっていたということである。

ここが、いわゆる第二の人生とか余生を生き抜く場合に、

「自分の好きなことをしたい。本当にやりたいことをやりたい」

と考えたときに、もっとも大切なことなのだ。好きなことをやりたい、やりたいことをやりたいといってみても、それに金がかかるのならば、思うように金が使えるという

人の数は少なかろう。忠敬はその少ない人間の一人だ。忠敬にそれが可能だったのは、
・当主であったときに、本業に専念し、努力したこと。
・本業に人並み以上の実績を上げ、見事に家を復興したこと。
・家の復興はとくに財政再建という形でおこなわれたこと。
・自分の家のことだけでなく、地域の福祉にも十分寄与したこと。
・人格的にも、家人並びに近隣の人々の尊敬を得るようなところまで自己研鑽をおこなってきたこと。
・かれが隠居後やろうとしている天文学や暦学についても、少しずつその片鱗が示され、人々の評価を受けていたこと。

こういうことが整っていた。したがって、忠敬が隠居後、

「自分はこれから天文学や暦学を学び、測量の道を歩みたい」

といっても、二つのまったく違う事柄が、突然接続されたわけではない。忠敬の隠居後の事業は、そのまま本業時代から引き継がれたことだ。本業から隠居後の事業への移行は、実に滑らかにおこなわれている。その滑らかにおこないうるような努力を、かれは五十年の間に積み重ねていたということだ。このことは、
・非常に合理精神が要る。
・根気が要る。
・金が要る。

・人々の支持が要る。

という条件がひしめいている。これをすべて整えたということは、忠敬の精神力がいかに強靭であり、また合理性に富んでいたかを物語っている。いってみれば、

「隠居後に好きなことをしたい」

と考えても、隠居前に準備をしなければだめだということだ。それまで本業をそっちのけにしておいて、家業は従業員に任せっ放し、自分は道楽にうつつを抜かしていたような人間では、

「これから隠居して、好きなことをしたい」

などといっても信用されない。

「いままでさんざん好きなことをしてきたではないか」

と突き放されてしまう。その意味では忠敬の積み重ねは実に周到であり、積み重ねた小さな石の一つひとつがものをいった。二宮尊徳のいう「積小為大」である。くどくなるが、〝自分の好きなことをやる〟にしても、金が要ることならば、その金が、「自分ないし周囲から用意してもらえるような状況づくり」を忘れてはだめだということだ。

恩師が一日も二日も置いた〝推歩先生〟

高橋至時のところに入門した忠敬は、おちおちと学んでばかりはいなかった。かれの

頭の中には、つねに天体観測に対する関心がうごめいていて落ち着かなかった。

（いまごろは、金星が真南にきているという話があったが本当だろうか）

とか、

「今夜は恒星が子午線を過ぎる。その時刻や水平高度を知りたい」

などという欲求が次から次へと湧いてくる。そうなると師の話も耳に入らなくなる。

「ちょっと失礼致します」

といって、高橋の塾を飛び出す。大急ぎで深川黒江町の天文台に戻る。慌《あわただ》しく望遠鏡を覗く。こんなときに、かれはよく高橋の塾に脇差や財布などを忘れた。残った連中は大笑いした。忠敬にはすでにあだ名をつけられていた。

「推歩《すいほ》先生」

というものだ。推歩というのは計算、あるいは天体の運行を測ることである。忠敬は計算が得意で、何かにつけて、

「ちょっと推歩してみます」

といって筆算をはじめるので、みんなはそういう忠敬を微笑んでみつめていた。

師の高橋至時も、大坂で麻田剛立のところで学んでいたときに、おちおちと気が落ち着かないことがあった。しかしかれの場合は、家の庭に植えられた見事な柿の木の実を、誰かが盗みはしないかという俗っぽい心配だった。そのために、師の麻田剛立が至時の妻にいって、柿の木を切り倒させてしまった。そんなことを思い出して至時は間重富に

しみじみという。

「伊能さんは幸福だなあ。私の大坂時代にくらべると、実に恵まれている」

間はうなずく。しかし間重富も大坂では屈指の金持ちだったから、高橋至時のつぶやきが、理解できたかどうかはわからない。間も麻田剛立の門に学んでいたときに、自分の私財を投じて麻田塾の必要品の整備には力を貸した。必須のテキストである『暦象考成』の後篇を、高い金を出して長崎から買い込んできたのも間重富である。

その意味では、伊能忠敬の生き方は、間重富のそれに似ていた。

このへんは忠敬のそれまでの佐原の名主としての経験も大きく働いている。そういい切ってしまうと身も蓋もなくなるが、実際に忠敬がメキメキと頭角をあらわし、実力を示したのは金の力によってであった。

領主の津田氏も、伊能忠敬や永沢治郎右衛門などの財力をあてにし、その前に屈伏した。いってみれば武士の権威も町人の持つ財力にはかなわなかったのである。このことが積み重なって、やがて忠敬は、

「武士にはなんの権威も能力もない」

とさえ思うようになった。それは範囲が広がって、学問の分野でも同じだと思うようになっていた。つまり、大坂の一商人である間重富を、幕府が天文方の役人として登用しなければならないほど、武士に比べて町人の学力は進んでいる。

(自分もその一人だ)

という自負心も湧く。だから、かれは自信を持って隠居後の人生に大きな一歩を踏み出すことができたのだ。その意味では、しみじみと、

「金の力はありがたい」

と思うのであった。

だからといって忠敬が〝拝金主義者〟であったということではない。金の使い方を心得ている人物だったということだ。

もう一つ大事なのは、忠敬がこれほど合理的、経済的にすぐれた資質を示しながらも、しかしかれの全人格がそういう理屈や金だけで凝り固まってはいなかったということだ。つまり高橋至時や他の門人たちが笑うように、忠敬は測量のことを考え出すと矢も楯もたまらなくなって塾を飛び出していく。そのときに忘れものをしていく。これは、研究者の素質がそのまま忠敬にあったということだ。

研究者というのは、こういう言い方をすると叱られるかもしれないが、ある部分が抜けている。穴があいている。私見だが、それがない人は本当の研究者ではない。俗事に神経がいきわたっていて、

「自分は他人からどう思われているか」

あるいは、

「こういう金の使い方をすると、誰かが文句をいうだろうか」

などということに気を取られているような研究者は本当の研究者ではなかろう。自分

が追究しているテーマに関しては、矢も楯もたまらず、他人の目も、あるいは金の使い方も斟酌《しんしゃく》することなく、馬車馬のように突き進んでいく情熱が研究者のパワーの源であるはずだ。これがなければ、人のやらないことはできない。人の歩いたことのない道も開けない。研究者というのはつねにパイオニアだ。開拓者だ。危険を恐れない。恐れていては新しいものは発見できない。

そうみてくると、伊能忠敬はまさに、「本物の研究者」であった。だからこそ、たとえ高齢であっても、高橋至時や間重富といった麻田の門人たちも、伊能忠敬に一目置いたのだ。だから〝推歩先生〟というあだ名は、伊能忠敬にとってたいへんに名誉なものであった。

伊能忠敬にとって『暦象考成』後篇との出会いは、かれが長年持ってきた疑問をかなり解いてくれた。知人に書いた手紙の中で、かれはすでにプトレマイオス、コペルニクス、ケプラー、ニュートン、カシニなどの西洋学者の名をあげている。そして、

「この本（『暦象考成』後篇のこと）は、こういう名家がおいおいに出現して、いままでの理論の不備なところを補って精密にしました。これらの人々の著述が清朝に渡って訳した本が『暦象考成』後篇であります。この本の記述はまさしく天体の運行にぴったり合致していて、これまで類がありません。実に古今の大成というべきであります……」

と『暦象考成』後篇との出会いを手放しで喜んでいる。

こういう状況をみていると、やはり、

「隠居後に好きなことをする」

といっても、
・やりたいことを導いてくれる人との出会い。
・やりたいことができる状況との出会い。
という二つの〝出会い〟が大事なことがわかる。これらの出会いは、ありていにいえば〝運〟も相当大きく働いているといっていいだろう。伊能忠敬は運がよかった。高橋至時や間重富といういい師に出会えたことは、かれにとってどれほど幸福だったかわからない。そして高橋や間が、当時幕府が目をつけていた、

「関西における天文学の権威」

であったことも幸運の一つだ。幕府が、

「関東の天文方の役人の理論は遅れている。それに比べると大坂の天文学者たちの理論は見事だ。招こう」

という態度をとったことは、非常に謙虚であり、学問に対する真摯な研究心が旺盛だったことを物語っている。そうなると、そもそも幕府がこういう考え方を持ったこと自体が、江戸から離れた佐原にいた伊能忠敬にとっても、大きな幸運であったことになる。

二つ目の〝状況〟の運がよかったということは、日本が当時国是であった「鎖国」を守り抜けなくなっていたということだ。ヨーロッパ列強のアジアへの進出がしきりであ

り、やがては日本にも目を付けはじめた。

当時列強が〝アジアの富〟として考えていた国は、すでにインドから中国に移っていた。

「中国こそ、最大の市場だ」

という考えがあった。とくに産業革命に先鞭をつけたイギリスは、過剰生産になりがちな製品を、なんとかしてアジアに売りつけようとしていた。

インドに拠点を置いていた列強は、西から東に向かって市場拡大を図っていた。日本は、その中継地として注目された。つまり中国へ向かう貿易船が、途中で食糧・燃料・水などが不足したときに、それを補給できる島としてみたのである。

しかしロシアは違った。ロシアはピョートル大帝以来、「凍らない港の確保」が悲願だった。そのため南下して、しばしば北方の島々や、蝦夷《えぞ》（北海道）などを侵した。北辺防衛は、日本の国政課題としても大きく頭をもたげはじめていた。幕府首脳部も北辺問題に目を向けざるをえなかった。

それにつけても、このころはまだ正確な日本の地図がない。守るべき蝦夷の地がいったいどういう地形で、どういう地勢をしているのか資料も不足がちだ。

「正しい北辺の地図と、合わせて日本全体の正確な地図をつくることが必要だ。それにはまず、日本全土の測量をおこなわなければならない」

という考えが、歴代の首脳部で論議された。しかし、なかなか実行者がいなかった。

それが、明和《めいわ》・安永《あんえい》年間（一七六四〜八一）に至って、筆頭老中田沼意次がまず実行しようとした。かれが汚職政治で失脚した後、その後を引き継いだ筆頭老中松平定信が熱心に、この北辺問題と取り組みはじめた。定信はしかし、譜代大名で幕府徳川家に忠実な大名だったので、

「何をいってもいいが、幕府のやり方の批判だけはゆるさない」

という厳しい態度をとった。そのための言論統制もおこなわれた。『海国兵談』を著した林子平《しへい》たちが罰せられたのはそのためである。しかし一方で、大槻玄沢《おおつきげんたく》たちが寛政六年（一七九四）閏十一月十一日に、

「今日は、太陽暦の一月一日に当たる」

といって、〝オランダ正月〟を祝うことは黙認した。そういう矛盾する政策がとられていた。

そういう中でも、ロシアの南下はつづき、寛政九年（一七九七）には、ロシア人が択《え》捉《とろふ》島に上陸した。急をききつけた幕府は、至急北方領土の実態調査を実行し、近藤重蔵などを探検隊として送った。近藤重蔵が択捉島に上陸し、

「ここは大日本の領土だ」

という標柱を立てた話は有名だ。このとき、重蔵を運んだ船を用意したのが高田屋嘉兵衛である。

徳川幕府はついに、東蝦夷地を直轄領とした。堀田仁助《じんすけ》が奥州の東海岸と、蝦夷地南

岸を測量した。

悲願、「子午線の謎」を解く

このころ伊能忠敬は、子午線一度の長さに異常な興味を持ち、その探求に寧日《ねいじつ》なかった。かれは、幕府が次々と北辺に人を送って測量させていたので、

「蝦夷地のような開けた土地で、子午線一度を実測すれば確かなことがわかるのではないか」

と考えた。幕府の蝦夷地取締りは松平忠明という人物である。忠敬は松平に願書を出した。それは次のような主旨のものであった。

『地図を正しくつくるためには、北極の緯度と方位が大切です。そしてそれをさらに正確にするのには、子午線の問題をないがしろにするわけには参りません。これには、子午線儀、象限儀などの大道具を使い、また地平経儀、並びに望遠鏡、磁石なども使います。

しかしこれらは器械だけがあってもだめなので、やはりこれらの術に熟達した者の眼力をもって見込むことが大事です。同時にそれは、観測者の精神の注ぎ方によって、自然と妙境に入り、精密の上にも精密を尽くすことになると思います』

つまり、

「地図はこういうようにつくらなければならない」

ということを、かれは自分の持っている理論と経験から松平に訴え出たのだ。そして自分の経歴を述べ、

「私は高橋作左衛門様（至時のこと）の門弟で、すでに六か年の間昼夜努力しております。このころは、測量なども絶対に誤差を生じないようになりました。またいろいろな必要な道具も集め、そのために身分不相応な出費も致しました」

とも書いた。なんとしてもかれは蝦夷の地に渡って子午線の問題を解決したかったのである。そのことが、日本の全地図をつくるうえで根本的に欠くことのできない問題だと考えていた。

しかし、幕府は渋った。松平忠明らは、

「伊能の名は自分もきいている。農民だが熱心な天文学者であり測量学者だともきいている。いまは天文方の間重富ももともとは商人なのだから、伊能の願いをきき届けてもいいのではないか？」

といったが、まわりの者はなかなか首を縦に振らなかった。それは、

「一農民が、何人もの大名の領地に入って、いろいろと測量することは、大きな反発を招きますので」

ということがその理由であった。しかし、天文方の高橋至時や間重富たちが間に入って熱心に交渉した。ついに松平も許可を与えた。伊能忠敬の身分は、

「公儀お声掛り」

ということになった。ただし、

「観測器械はすべて自費で整えること」

といわれた。さらに、

「測量の費用は幕府からは二十両しか出せない」

といわれた。忠敬は、

「結構でございます」

と平伏した。とにかく、「公儀お声掛り」という幕府公認の測量者になれただけでも御の字だったからである。


寛政十二年（一八〇〇）閏四月十九日から十月二十一日に及ぶ第一回目の蝦夷地の測量はこうして実行されることになった。

かれは、蝦夷地に渡ると歩数で距離を測った。磁針で方位を定め、夜は持っていた自前の象限儀で恒星の高さを測ってその位置を確定した。これを繰り返し繰り返し測量をつづけていった。

しかし、まったく未知の蝦夷地のことで、歩くだけでも容易ではない。いきおいデータも完全なものにはならなかった。

測量を終わった忠敬は江戸に戻ると、高橋至時の門人の門倉隼太《かどくらはやた》、忠敬が伊能家に入ったときの仮親平山藤右衛門の孫平山郡蔵《ぐんぞう》、久保木清淵それに妻の栄《えい》の助けを借りて、地図の作成にかかった。これらの人々は、みようみまねで測量の知識があり、同時に忠敬を尊敬していた。十二月二十一日に、大小二枚の地図ができて幕府に提出された。このときの観測データで肝心の子午線一度の長さは、二十七里余りとなった。蝦夷地のこれを基にして一度二十七里として扱った。


しかし、忠敬自身もこの里数に完全な自信があるわけではなかった。なんといっても蝦夷地が困難な土地であって、歩幅の問題や、歩くときに他のことに気をとられて、果たして歩数だけで確定していいかどうか自信がなかったからである。江戸に戻ってから、

(縄を使えばよかった)

と後悔したが遅かった。

こういう測量不備の不満もあってか、忠敬は間もなく第二次の測量願いを出した。

「一回目の測量では、不備の点が多々ありますので、さらに正確を期したく、今度は観測器械も全部必要なものを持って参りますので、ぜひもう一度蝦夷地の測量をお認めください」

といった。しかし幕府は許可せず、

「蝦夷地はだめだ。内地の東海岸の測量をおこなえ」

と命じた。幕府のほうでも忠敬の努力は十分に認めていたので、経費も前より多く出してくれた。享和《きょうわ》元年(一八〇一)四月二日から測量がはじまり、十二月七日まで約八か月にわたって、伊豆から東北一帯の海岸測量を実行した。このときは、大方位盤や中方位盤を使い、縄に代えて鉄の鎖で距離を測るなどいろいろ工夫をしている。

さらに忠敬自身が考案した量程車も使った。この量程車は現在香取市の伊能忠敬の記念館の中に展示されている。車の回転数から距離を知るという仕掛けのもので、自動車の走行距離メーターのようなものだ。

しかし、実際の測量ではうまく機能しなかった。平地でなければ役に立たなかったようだ。このときの観測結果では、子午線一度の長さが二十八・二里となった。この値については忠敬は自信を持った。しかし師の高橋至時は疑問を持ち、

「本当の子午線一度の長さは、もう少し短いのではないか。自分としては、二十七・五里ぐらいだと思う」

といった。このときはじめて、忠敬は高橋至時に怒りのことばを返したといわれている。自分がさんざん苦労して、子午線一度の問題をいいつづけてきたにもかかわらず、師の高橋至時はそういう苦労もしないで、他人のやったことにいちゃもんをつけるということだったのだろうか。

ところが、西洋のラランデ暦を研究すると、この中に子午線一度は二十八・二里と書いてあった。伊能忠敬の測量の値とまったく一致していた。

第六章　壮大なる〝ライフワーク〟の実現

日本各地の測量

徳川時代（江戸時代）の政治体制を、

「幕藩体制」

という。幕というのは徳川幕府のことだ。藩というのは、大名家のことである。この時代は、

「中央集権と地方自治の混合時代」

だといわれる。つまり徳川幕府は中央集権制度をとり、各藩（大名家）は地方自治制度をとっていたということだ。それに、藩というのは、もともとは「垣根あるいは囲い」のことだ。したがって、藩と藩との間にはきびしい国境が設けられ、関所がつくられていた。人の出入りや、ものの流れのチェックがきびしい。いきおい藩はそれぞれの支配区域内を、

「くに（国）」

といっていた。この言い方は現在でも残っている。たとえば、

「あなたのおくにはどこですか？」

ときくと、越後ですとか、南部ですとか、讃岐ですとか、薩摩ですとか答える人がいる。これは幕藩体制時代の、それぞれの行政区域をいっていたならわしがそのまま残っているということである。

また、当時の藩はすべて現在でいう、

「十割自治制」

だった。十割自治というのは、

「自分の領域内で必要とする経費は、すべて自己が調達しなければならない」

ということだ。国からの地方交付税や補助金など一銭もない。いきおい、それぞれの藩内には、いろいろな秘密が生ずる。つまり、

「その藩の総資源や資力はいったいどのくらいあるのか」

ということは、人口問題をはじめ、持っている資源の内容・数量などを、極力秘密にする。

伊能忠敬が、

「緯度一度はいったいどのくらいの距離があるのか」

ということを知るために測量をはじめたときには、地方の名主であり、経営者でもあったかれには、国内の政治体制についてそれほど深い知識があったとは思えない。した

がって、

「緯度一度はどのくらいの距離があるかを測量するために、あちこちで実測する」

ということについて、いろいろな障害が起こるとは思っていなかった。ところが、江戸市内はともかく、地方にまで出かけていってこれをおこなうとなると、それぞれの藩は警戒する。

「いったい、なんの必要があって、伊能は街道の長さを測ったり、あるいは村落と村落の距離を測ったりするのか。場合によっては、村落の人口数、戸数なども調べている。あやしい」

ということになる。これはあきらかに、

「幕府の密命を受けた隠密ではないのか」

と疑われる。そうなると必然的に、

・伊能忠敬の測量の目的はなにか

・測量した内容はどのように使われるのか

・測量は拒否できるのか

・拒否できないとすれば、伊能忠敬に対して、どのような対応をすればいいのか

などということが問題になってくる。伊能忠敬は、寛政十二年（一八〇〇）、五十五歳のときから、文化十三年（一八一六）、七十一歳のときまで十六年間にわたって十回もの日本国内測量をつづけた。しかしこの十次にわたる十六年間の測量において、忠敬

がもっとも心をくだいたのは、

「国内測量の目的をどう設定し、それをおこなう自分の身分をどう位置づけ、そして測量に支障のないように各地域の協力を得るか」

ということであった。それでなくても、士農工商の身分制は固く確立し、上下の関係はかなり細分化されて決められていた。ちょっと身分がちがっても扱いがまったくちがう。したがって、のちになればなるほど忠敬の扱いは懇切丁寧になっていったが、はじめのうちは、

「百姓町人に毛が生えた者」

くらいに扱われた。

本来なら、幕府の命によって国内測量をおこなうのだから、しかるべき筋から、それぞれの地域の責任者である藩役所に対し、事前に、

「このたび、伊能忠敬がそちらに測量におもむくから、手落ちのないように応接についてはいろいろと協力してもらいたい」

というような前触れがいく。そして、忠敬がいったときは、それなりの出迎えや、宿泊施設の提供や、あるいは測量道具を運ぶときの労働者などの提供が用意されていなければならない。

しかし、最初の五年間ぐらいはまったくこれがなかった。忠敬は、

「個人的身分で、試みに日本の測量を許可された者」

という扱いを受けた。したがって、かれの師であった幕府天文方の高橋至時《よしとき》が、本来おこなうべき測量を、門人の忠敬が代わっておこなうというような扱いだった。

しかしそれでも師の高橋は、

「自分の代わりに、伊能が測量するのだから、可能な限りの便宜をはかってもらいたい」

ということは、くどく幕府に申し入れている。

幕府側で、この窓口になったのは勘定所である。勘定所は、勘定奉行をトップに、全国の幕領地の財政を扱っているから、年貢の収入がなめらかにいけば、それ以上のトラブルは起こしたくない。したがって、

「なぜいま、日本各地の測量をおこなわなければならないのか」

という疑問は、ずっと持っていた。

高橋至時の熱意によって、伊能忠敬の第一次測量調査の許可はしたものの、したがって、

「積極的な協力はしないし、現地にも求めない」

という考えだった。

はじめ、高橋至時と伊能忠敬たち門人の間で、

「地球はいったい、どのくらいの大きさがあるのか」

ということが話題になった。地球は球体であることはすでにかれらも知っていた。し

かし、その大きさとなるといろんな人がいろんなことをいうので、鎖国下にある高橋たち先進的な科学者にもわからなかった。

　高橋至時の勤める暦局は、浅草蔵前にあった。もともとこの暦局ができたのは、第八代将軍徳川吉宗が、

「日本の暦はすこしいい加減だ。誤差が多すぎる」

　ということから、

「正しい暦をつくろう」

　という改暦が動機だった。吉宗は俗に〝米将軍〟と呼ばれていた。現在でも、日本の各地に、

「新田《しんでん》」

　という地名がたくさん残っている。これらのほとんどが、吉宗のいわゆる享保の改革の時代に開かれた新しい田だという。かれが〝米将軍〟と呼ばれたのは、いまでいえば減反ではなく逆に増反を目的にし、日本各地の荒れ地をしきりに開墾させたからだ。かれが米将軍といわれたのは、単に米の増産をはかっただけではなく、

「米価を安定させれば、諸物価も安定する。そして、米価を安定させることによって、衰微した徳川幕府の権威をもう一度回復することができる」

　と考えていた。そのため、かれは鎖国主義、重農主義の将軍だったといわれるが、決してそうではない。吉宗は、鎖国とはいっても長崎港が開かれ、依然として中国とオラ

ンダ国と交流している事実に目を向けた。そこで、

「日本人の科学知識を高めるような書物や、計器類はどんどん輸入しろ」

と命じた。しかしその動機はやはり、

「国内における米穀生産を飛躍的に伸ばしたい。そのためには、科学の力を借りよう。とくに、正しい暦をつくることが、農民のいとなみに拍車をかける」

と考えたのである。

だから、浅草蔵前に暦局を設けたのは、米増産に関わりを持つ一連のいとなみの一環だったといっていい。

しかし動機はたとえそうであっても、時代が経つにつれて、設けられた暦局の研究開発は、一人歩きをする。高橋至時の時代には、独立した天文学者の集団になっていた。伊能忠敬は子供のときから星が好きだったから、佐原の伊能家に養子に入る前から、天文学に関心を持っていた。また数学の天才でもあった。天文学をまなぶのに数学の天才だということは、オニに金棒だ。だからこそ、五十歳過ぎてやってきた忠敬に対し、師の高橋も、

「よかろう」

といって門人にしたのである。同時に、忠敬にはかなりの財力があったから、高橋が欲しくても手に入らないような計器類を忠敬が代わって買入れてくれた。才能があるだけでなく、財力もたっぷりあって、役所やそこの所長たちが欲しがっている計器類をど

んどん自前で身銭を切って買込んでくれるなどという門人は、ほかにいない。所長の高橋だけではなく、ほかの門人たちにとっても伊能忠敬の存在はありがたかった。

地球の大きさはどのくらいあるのかということを論じている間に、

「それは、緯度一度がどのくらいの距離があるかを確定することによって測ることができるだろう」

という話になってきた。これをきいていた忠敬は、

「よし、自分の手で緯度一度の距離を算出してみよう」

と考えた。だからはじめは、伊能家の江戸店と自分の隠居所がある深川黒江町から、浅草観音の本堂あたりを対象に実験してみた。すなわち、深川黒江町から小名木川、竪《たて》川を渡り、隅田川左岸を北に上って、吾妻橋から右岸に移り、浅草観音の本堂前までたどり、雷門から南へ下って暦局に戻ってくるという方法をとった。距離を測る方法として、

「歩測」

を使った。歩測というのは、

・自分の歩く歩幅の距離をひとつのモノサシにする。

・自分の歩幅の距離は、あらかじめ確立されているある地域の距離を、何歩で歩けるかによって算出する。

この方法によって、忠敬は、

緯度一分（一度の六十分の一）は、一六三一メートルであるという計算をした。現在の一分は、一八四九メートルだといわれるから、かなりの誤差がある。

高橋至時は信じなかった。

「深川黒江町から浅草までの距離では近すぎてだめだ。もっと遠距離を測量して、数値を出すべきだ」

と告げた。この、

「深川と浅草では近すぎる。もっと遠距離を測量しなければだめだ」

という高橋のことばが、負けん気の忠敬に、

（よし、それなら蝦夷まで歩いて数値を出してみよう）

と思わせた。このへんは、子供のときから裕福な家に育ち、多少不幸な家族関係があったにしても、根はおぼっちゃんだ。ましてや隠居するまでは、佐原の名主という地域名士だ。だいたい、アゴで人を使ってきた人間だといっていい。かれは、天文学に明るく、数学の天才であり、同時に金もあって、暦局という幕府の正式な役所に身銭を切っていろいろな計器を寄付している。そういうかれの立場からすれば、高橋至時のことばが、カチンとこなかったとはいえない。そこでかれは、

「東北から蝦夷地までを測量して、緯度一度の距離を出したい」

と思い立ったのである。この企てに、師の高橋至時はおそらく苦笑したにちがいない。

しかし、このころの日本の北辺は、ロシアによってかなり荒らされていた。ロシア国は、

ピョートル大帝以来、

「凍らない港」

を求めて、しきりに南下政策をとっていた。標的にしたのが日本だ。そのため日本側も、老中松平定信（奥州白河藩主）は、とくにこの問題に関心を持ち、やがては松前藩を東北に移し、蝦夷地全体を幕府の直轄領にしてしまう。だから高橋の幕府への許可申請にも、

「北の守りを固めるためにも、蝦夷の現況を知ることが急務であります。ついては、わたくしの門人伊能忠敬をその方面の測量に出したいと思いますので、よろしくお願いいたします」

というようなものであったにちがいない。忠敬にすれば、

「師をうならせるような測量をおこないたい」

と考えていた。その目的はあくまでも、

「緯度一度の距離を確定する」

ということである。したがって、第二次、第三次、第四次と回数を重ねるにしたがって増えていった、

「各地域を管理する藩役所とのトラブル」

は、最初のころはむしろ少なかった。というのは、忠敬自身の測量目的が、

「緯度一度の距離を測る」

ということであったから、後のように、梵天《ぼんてん》と呼ばれる旗つきの現在のポールのような竿を立てて、本格的に計器を使って測量するようなまねはしなかった。わずかに、金属でできた鎖を地べたに引きずって歩いて、その集計によって距離を測るという程度のものだった。あるいは、歩測を活用した。歩測を活用していればただ旅人が歩いているようなものだから、地域でもあまり気にしない。

体感を通じて距離を確定

しかし忠敬は、それでは満足しなかった。かれは、

「やはり、自分は幕府の役人として緯度一度の距離を測るのだ」

という誇りがあった。そのため、かれはどこへいくのにも、

「幕府御用」

という御用旗を立てた。これが起こさなくてもいいトラブルを起こしたといっていい。が、忠敬にすれば、

「自分の立場で、コソコソと地域の目を盗んだ測量はおこないたくない」

という誇りがあった。したがって伊能忠敬ははじめから、

「自分は、私的な試みで各地の測量をおこなうのではなく、幕府の御用測量役人として実測をおこなうのだ」

と考えていた。その考えの底にはすでに、佐原の名主として、地域の役人経験がたっ

ぷりあったことも作用している。かれにははじめから、この、

「公務員意識」

がかなり強い。公共的仕事に身を挺し、それによってよろこびを得るという人間的特性があった。かれは役人に向いていた。しかし、かれにすれば、今回の測量事務に対する扱いは、

「自分がおこなう仕事の重要性に比較して、いかにも軽すぎる」

と、仕事の目的と扱いの不均衡とが我慢できないほど不公平だった。つまり、

（現地の役人には、なにもわかっていない）

という不満があった。が、かれは下手にでて、現地の役人にもみ手をしながら便宜をはかってもらうような方法はとらなかった。かれは真っ向から、

「自分の仕事は、公務である」

ということを主張した。それが、

「御用」

と染めぬいた旗を立てて、奥州から蝦夷地にかけて押し通ったことだ。

このときは、幕府側には、

「蝦夷地の地図をつくる」

ということで申請されたようだ。そのため係では、

「蝦夷地の地図は、すでに一部できている。それでは間に合わないのか？」

と、天文方の高橋至時に照会があった。高橋は、

「間に合わない。もっと正確を期したいのだ」

と応じた。やむを得ず、蝦夷係の役人は、伊能忠敬の測量を認めたが、

・あくまでも、伊能忠敬という個人の企てである。

・したがって、公務におけるような現地での対応はしない。

・道具を運ぶ馬や人足の世話はするが、実費を支払うこと。

・旅行に要する費用も、いっさい自前で処理すること。

・認めるのは、奥州街道において人足三人、馬二頭、蝦夷地では人足三人、馬一頭とする。

・しかし、測量目的がまったくの私的なものとはいい切れないので、手当を支給する。手当は一日七匁五分とする。

・伊能忠敬の身分は、一応佐原において苗字帯刀をゆるされているので、「元百姓で浪人」とする。

というものであった。

この測量期間は、百八十日かかった。したがって、幕府から支給された手当は二十二両二分だったという。これに対し、伊能忠敬が自分の金を持ち出した総額は、七十七両二分だった。

人足や馬の手当にしても、幕府が出してくれたのは、

「添え触れ」

というもので、親身になっていない。ただ、

「この者がそこを訪ねたら、こうしてやって欲しい」

という程度の参考的な文書である。指示や命令ではない。しかし、忠敬はこの添え触れの権威を主張して、強引に人足や馬を用意させた。

かれの第一次測量といわれる奥州街道と蝦夷地の調査は、片道が約四百里（約一六〇〇キロ）になる。これをだいたい一日に十里（約四〇キロ）の平均速度で調査した。調査は、歩測、間縄や量程車の使用などによっておこなわれた。間縄というのは、六十尺（約一八メートル）のロープで、六尺ごとに印がつけられていた。これを路上にピンと張って、距離を測る。

量程車というのは、車のついた計測器で、道の上を引っ張って歩く。しかし、いまのように道はきれいに舗装されていない。凹凸が多い。したがってあまり役にはたたなかったという。歩測は、忠敬自身の歩幅と、歩数を乗じて算出した。忠敬の歩幅は一歩が二尺三寸（約七〇センチ）だったという。

しかし、当時の旅行者の平均速度は、

「一日に十里（約四〇キロ）」

といわれていたから、忠敬たち測量隊の速度は相当に速い。測量しながらの歩行だから、毎日毎日の苦労はたいへんなものだったろう。しかも、現地における人びとの対応

はいまいちだ。疑いの目を持っている。

そのため忠敬ははじめのうちは、

「歩測を重んじよう。そうすれば、なにげなく歩いているようにみえて疑問を持たれることが少なかろう」

と判断した。忠敬の性格は几帳面だ。したがって、歩測や間縄によって算出した数値をそのまま信用はしない。必ず、

「天測（天体の測定）」

をおこなった。これには緯度を測る象限儀《しょうげんぎ》や羅針盤を使った。

しかし伊能忠敬の測量方法は、当時としてはそれほど奇抜なものでも新しいものでもなかったようだ。四国の阿波徳島藩に、やはり忠敬と同じような測量家がいた。忠敬が、阿波方面の測量にやってきたときに、よく協力した。忠敬が去った後、阿波徳島藩主が、

「伊能の測量方法には、なにか目新しいものがあったか？」

とその測量家にきくと、測量家は、

「いえ、別段のことはございませんでした。ごくふつうの測量方法です」

と応じた。

これから考えると、第一次の測量で伊能忠敬が、ただひたすらに奥州路をたどり、蝦夷地へ渡っていったのは、

「とにもかくにも、遠方へおもむいて、緯度一度の距離を確定することだ」

という気持ち一筋だったといっていい。したがって、かれにとって、

「地域に長く滞在して、詳しく調べる」

ということよりも、

「すこしでも、遠くへおもむくことが大切だ」

という、

「江戸から遠ざかる」

ということに、熱中していたといっていいだろう。そのために、測量をつづけながら
も、ふつうの旅行者が歩くような、

「一日に十里」

という旅程をこなしていたのである。かれ自身は、決して健康体ではない。病気がち
だった。にもかかわらず、この旅程をほとんど毎日のようにこなしていったのは、かれ
自身の、

「思い入れ」

あるいは、いまのことばを使えば、

「はまり込み」

が、いかに異常であったかを物語る。

かれがやろうとしたことは、このごろ歴史探求のほうですこしずつ使いはじめられた、

「体感」

の方法だ。体感というのは、

「歴史的状況を再現し、その中に身をおいて、自分自身で過去の人物と同じ経験を味わう」

ということだ。

たとえば、関ケ原の合戦において、合戦場におもむいた兵士たちが、あの激しい雨の中で、いったい疲労度はどの程度のものだったのか、翌日両軍が敵と戦うだけの体力が残っていたのかどうかなどということを、科学的に検証する方法である。

あるいは、江戸中期の改革者米沢藩主上杉鷹山が、

「ハゼの木の育たない東北地方において、代わりにウルシの木を百万本植えて、蠟の生産をはかった」

といわれるが、それでは、

「ウルシ百万本から、いったいどのくらいの蠟がとれるのか」

ということを実験してみるというようなことだ。この実験では、山形大学の学生たちが一日かかっても、わずかに二十グラムの蠟しか生産できなかったので、

「おそらく、さすがの鷹山にしても、この事業計画は失敗に終わったにちがいない」

という結論が出された。こういう方法は、文学や思想の面では江戸期でも盛んだった。

たとえば本居宣長が、

「万葉集の歌を理解するには、万葉時代に自分の身をおいてそのときの追体験をしてみ

なければ、ほんとうの意味はわからない」

といったのもいわば、

「和歌の世界における体感」

だろう。また荻生徂徠や伊藤仁斎が、

「孔子や孟子の思想を理解するには、その後の思想家たちがいろいろと字句に対して解釈したものを読むよりも、孔子や孟子が生きた時代を再現して、その中に身をおくことのほうが大切だ」

といって、従来の解釈学をとび越えて、いきなり孔子や孟子の生きた時代がどのようなものであったかを探ろうとする努力をつづけたのも、

「思想における体感の実験」

といっていい。

伊能忠敬が、

「とにもかくにも、蝦夷地まで速く歩くことだ」

という逸《はや》る思いに突き動かされて、ふつうの旅行者以上のスピードで歩いていったのも、この体感の一種だといっていい。つまりかれは、

「体感を通じて、緯度一度の距離を確定したい」

と考えていたのである。この激しい思いがなければ、行く先行く先の現地役人の冷たい対応が気になって、測量などやっていられなかったはずだ。それでなくてもかれは誇

りが高い。自持《じじ》の気持ちも強い。なんといっても、師の高橋至時から、

「深川と浅草の間を歩測したぐらいで、緯度一分の距離が確定できるものではない。もっと遠くへいけ」

といわれたことがカチンときている。

「よし、それならば蝦夷地までいってやろう」

と思い立った気迫は、とても五十五歳の年齢とは思えない。まさに青年のそれだ。忠敬の心を支えていたのは、

「好奇心と情熱」

である。

伊能忠敬を隊長とし、五人の隊員が従う測量隊が奥州路をたどりはじめたのは、寛政十二年（一八〇〇）閏四月十九日の朝である。小雨が降っていた。

朝八時ごろ、深川の家を出た忠敬は近くの富岡八幡宮に参詣した。そして旅の無事を祈った。かれは以後、十次にわたる測量を日本全国にわたっておこなうが、出発のときには必ずこの富岡八幡宮に参詣している。

その後、浅草にある暦局（司天台）に寄って、師の高橋至時に出発の挨拶をした。そのまま歩いて、昼ごろには千住に着いた。ここで佐原からやってきた者を含め親戚たちと別れの宴席を軽く張った。日光街道を歩きはじめた。午後になると雨が止んだ。草加

宿はそのまま通過し、午後六時ごろに越谷《こしがや》の大沢宿に着いた。ここで一泊した。そして翌二十日、やはり午前八時ごろに宿を出て、やがて春日部に着いた。

この日計測した距離は、千住から草加までが二里八町、草加から越谷までが一里二十八町、越谷から春日部までが二里二十八町である。

のちに忠敬が幕府から命ぜられた、日本各地の測量は、主として日本の海岸線をあきらかにすることにあった。内陸部の測定には、あまり重点がおかれていない。そのせいかどうか、かれのつくった地図における内陸部は、地名が簡単に記され、また山や湖や川などが描かれている。そういう言い方をすると、忠敬の努力に対して申し訳ないが、

「みて楽しい地図」

だ。油絵のように濃厚な色の塗り方はしていない。どちらかといえば、水彩画的淡いタッチで、日本の各地の街道が描かれている。その筆致は、流れるようだ。流動性に満ちている。どこか、次々と新しい目標地を求めて目から情熱の光を発散しながら、一心不乱に前へ向かって歩いていく忠敬の気持ちがそのままあらわれている。その意味では、かれの旅はつねに、

「前へ進みつづける、流動感にあふれた旅行」

だったといっていい。そのもっとも典型的なのが、この第一次の測量であった。

寛政十二年四月二十日には、利根川を渡って、古河城下町に入った。ここに一泊し、翌二十一日には、小山、新田、小金井、石橋、雀宮などの宿場を次々と通過して、宇都

宮の城下町に達し、ここに泊まった。二十二日には少し早く起き、七時ごろには宇都宮を出発した。鬼怒川を越え、氏家から喜連川の宿場を通過した。

伝えられるところによれば、こんな急いだ旅をつづけながらも伊能忠敬は、

「必ず、その土地の名所旧跡には立ち寄って見物した」

といわれる。そうなると、かれの目はひたと蝦夷にそそがれてはいたが、だからといって血眼になっていたわけではない。旅は急ぐが、心は結構ゆとりを持っていたということになる。このへんのいわば、

「多面的な目的を同時進行させる」

という才能は、やはりかれが子供のときから苦労した人生経験にもあるだろうし、同時にまた、佐原の名主という村役人を長く務めたことにもよるだろう。いろんな案件を持ち込まれては、その解決策を自ら考え出し、

「これがいいだろう」

と相手を納得させるためには、いろいろな技術が必要になる。いってみれば、

「人間術」

に巧みでなければならない。その意味では、伊能忠敬は結構人間巧者であった。忠敬は、十次にわたる測量について、まめに、

「測量日記」

をつけている。しかし、見物したであろう各地の名所旧跡についての感想は、一言も

書かれていない。事務的に、

「何月何日、何時ごろにどこどこを出発して、どこを通過し、どこどこに着いた」

というような簡単な記述に終始している。

奥州街道から蝦夷地へ

こういう心逸《こころはや》る旅程を次々とこなし、出発してから五日目の二十三日には、東北への玄関・白河に着いた。当時白河藩主は、譜代大名の松平家である。そして、やがてかれに本格的な測量を命ずる老中筆頭が、ここの藩主松平定信だ。定信は、

「白河楽翁」

といわれる名君だった。かれは八代将軍徳川吉宗の孫にあたる。としよりを大事にし、毎月一定の日に城下町から老人たちを城に招いた。そして、

「わたしの政務について、率直な意見をいって欲しい」

と、いまでいえば、

「としよりの意見を、行政に生かす」

という努力をおこなっていた。また定信は、南湖公園というのをつくった。これは現在でいえば国立公園のハシリである。同時にまた、この公園をつくるうえで、いまでいえば失業対策事業として、多くの失業者を働かせ、賃金を与えた。同時にこの公園内に設けられた池の水は、干ばつ期の灌漑用水に使われた。

伊能忠敬がたどっていった奥州街道は、現在でいえば福島県下における、

「中通り」

と呼ばれる道筋だ。福島県は、その場所によって浜通り・中通り・会津の三地方に分かれる。天気予報も三通りに分けて伝えられている。

二本松の城下町を通過した忠敬一行は、やがて白石《しろいし》の城下町に入る。ここは、伊達家の重臣片倉家の支配地である。そして四月二十七日には、名門伊達家が支配する仙台の城下町に入った。

仙台から北にいく道は、南部街道、あるいは盛岡街道と呼ばれていた。いよいよ加速度が加わって、四月二十九日には古川宿から、荒谷、高清水、築館、宮野、金成の各宿場を通り抜けた。一関宿に入り、ここから山ノ目、前沢と宿場を通過していく。このときは、さすがにそれだけのゆとりがなかったのだろう、平泉の藤原三代の遺跡はみていない。かれが、源義経の悲劇を伝える高館の跡をみたのは、第二次の測量のときである。この年の四月は二十九日で終わり、翌日は五月一日となった。五月二日には、水沢の宿にいた。三日には花巻に着いている。北上川の橋を渡り、盛岡の城下町に入った。南部氏の支配地である。ここに泊まって四日に朝早く宿を出たが、雨が降っていた。雨はやがて本降りになったが、忠敬はひるむところなく、北上川を遡って調査をつづけた。渋民を通り抜けた。

五月五日は端午の節句である。しかしそんなことを祝ってはいられない。調査隊は、

小繋《こつなぎ》、一戸《いちのへ》の宿場を通り抜けて、夕刻に福岡の宿場に着いた。ここで忠敬は、

「名勝地の末の松山をみた」

と書いている。歌枕として有名な史跡であり、同時に松尾芭蕉も〝おくのほそ道〟で触れている。

三戸《さんのへ》はかなりにぎやかな宿場町だったが、一行はここもそのまま通り抜けた。そして寛政十二年五月七日にはついに野辺地《のへじ》に達した。そしてここから北上し、奥州街道の最終地点である三廐《みんまや》の宿場町に到達した。ここから海を渡って、蝦夷地へいく。しかし、ちょうど季節の風が悪く、一行は九日間ここで足止めをくった。心逸る忠敬は、ある日我慢ができなくなって、

「多少のことがあってもいいから、船を出してくれ」

と迫った。三廐の人は顔を見合わせたが、忠敬の意気込みが凄まじいので、ついに船を出した。しかし、蝦夷地に渡った船は、予定地に着けずに、はるか離れた地点に一行を上陸させた。上陸地点は松前郡福島町あたりではなかったかといわれている。海岸沿いに歩き通して、二十二日の夜箱館に着いた。

このときの測量隊員は、隊長の伊能忠敬のほか、内弟子の門倉隼太、平山宗平、伊能秀蔵の三名が測量員で、細々とした用を果たす使用人として、吉助と長助の二人が従っていた。

門倉隼太は、大坂の出身者で忠敬の師高橋至時の従者である。平山宗平は、忠敬が伊

能家に婿入りしたときの仮親で佐原の名士平山藤右衛門の孫にあたる。そして、伊能秀蔵は忠敬の庶子でこのときまだ十四歳の若さだった。だから、結束はよかった。そのために、こんな長距離の測量調査でも、一行は不平不満もいわずに、心を合わせて忠敬の指示に従ったのである。しかし、使用人のほうはそうはいかなかった。とくに僕《しもべ》の長助が、箱館で、

「身体の調子がよくないので、江戸に戻らせてください」

といい出した。忠敬はもともと長助に対し、

「この男はぶらぶら者（怠け者）だ」

と思っていたので、よかろうとうなずいた。旅費を与えて帰した。

長助にすれば、

（なんの楽しみもないこんな旅は、もうたくさんだ）

と思っていたのだろう。

箱館ではしきりに天測をおこなった。江戸の町ではみられないようなたくさんの星が満天にきらめくのをみると、忠敬は内弟子たちに、

「緯度がいよいよ高くなる」

と告げた。門人たちもうなずいた。

このときの測量ぶりを、忠敬はその日記に次のように書いている（大意。さらに意訳）。

『寛政十二年七月二日、薄曇り。朝五つごろ、様似《さまに》を出発した。海辺は砂と小石混じり

だが、大石を積んだようで歩きにくい。海岸には尖った大岩を登ったり降りたりする場所があるので危険だ。潮の間を走り抜けなければならないような場所もある。案内には、蝦夷人（アイヌ）を連れていたが、満潮のため渡れなかった。三、四町戻って、蝦夷人だけが往来する念仏坂という険しい山越えをした。幌満別という川も越えた。そこに休憩所があった。

それから海辺の道を二里三十四町ほど歩いた。うち一里は、夜道を歩いた。幌泉に着いたとき、同地詰の役人佐藤茂兵衛殿が、会所の支配人に御用提灯を持たせて、迎えを出してくれた。このときはまさに「地獄に仏」の思いがした。現地では里数は七里だといっているが、実際には八里以上あるだろう』

しかし、内地の各地域における および腰な応接に比べ、この北の果ての土地での役人は親切だった。忠敬は、夜道に佐藤茂兵衛が提灯を持たせた迎えを出してくれたことが余程うれしかったらしい。そのためか、ほんとうなら根室にいって、測量をつづけたかったのだが、現地にきて鮭漁の管理をしていた幕府勘定所役人大嶋栄治郎に、

「いまは鮭漁の真っ最中だ。根室にいっても、誰もいない。みんなここにきて、鮭漁に従事している。人が少ないので、おぬしたちを根室に送るために人や船は割けない。測量はあきらめてもらえまいか」

といわれると、忠敬は、

「わかりました。そうしましょう」

とうなずいている。いままでのかれなら、役人の申し出をこんなにあっさり承知するはずはない。なんだかだといっては、強引に根室いきを主張しただろう。が、このときはあきらめた。かれにすれば、

「これ以上遠くにいかなくても、緯度一度がどのくらいの距離かは、だいたい確定できた」

という自信があった。同時に、やはり、

「はるばるときたものだ」

と、日本の本土を離れ、海を越えて異郷の地に渡ったことが、そういう思いをさらに強めたのだ。

伊能忠敬はこのときの測量調査の後、二度と蝦夷地に渡ることはない。かれが幕府から命ぜられるのは、本土内の測量である。

正直にいって、伊能忠敬はこのときの測量調査に満足してはいなかった。肝心な、

「緯度一度の距離」

が完全には観測し得なかったからである。しかし、かれはこのときの経験を地図に描いた。大図二十一枚で、奥州街道が十一枚、蝦夷が十枚である。蝦夷地の部分には着色がおこなわれ、地名、地形、宿駅、有名な目標などがきちんと描かれている。が、奥州街道のほうは、ただ一本の線にわずかに地名、宿駅などが記されている程度だ。これはやはりそれぞれの宿駅での、調査に対する協力が思うようにいかなかったのだろう。し

かし忠敬は、ごり押しはしなかった。

「これが最後ではない、これからも何度も機会はあるはずだ」

と思っていたからだ。そのためにも、

「今度の測量調査で得た結果を、詳細に報告しよう」

と考えた。だから、不十分な調査の結果を描いた奥州街道の図面も、測線の両側に田畑とか、あるいは村の姿、城、町の姿などを描き込んだ。前に書いたように、

「みて楽しめる地図」

を心掛けた。

このときの忠敬の思惑は当たった。描き上げられた地図をみて、幕府役人たちは目をみはった。思わず顔を見合わせ、

「日本の国は、このように美しいのか」

と満足したという。これが、忠敬の狙い目だった。つまり幕府は、忠敬に対し、

「次は、伊豆から奥州東海岸の測量をせよ」

と、いわゆる、

「第二次測量調査」

を命じたからである。

このころ、忠敬たちが立ち寄った奥州白河の城下町の管理者松平定信は、老中筆頭になっていた。かれは有名な、

「寛政の改革」を展開していた。そして、定信は内政面にだけ目を向けたわけではなく、外交問題にも力を尽くしていた。とくに北辺の防備には異常な関心を持っていた。そのために、松平定信はついに、「蝦夷の幕府直轄化」を断行した。松前藩には東北地方に替え地を与えた。米のできない蝦夷地において、鮭やニシンがその代わりをしていたことに着目し、松前藩がおこなってきた、「漁場の管理」を、幕府勘定所が直接おこなおうとしたからである。

各地でのさまざまな悶着

伊能忠敬の第二次調査は、享和元年（一八〇一）四月二日から、この年の十二月七日まで、二百三十日にわたっておこなわれた。調査の対象地域は、三浦半島を一周し、湘南海岸から小田原、熱海、伊豆半島東岸から下田に到った。さらに、伊豆半島の西海岸を調査し、沼津から東海道を東に向かって江戸に戻った。引きつづき、江戸湾を東に向かって房総半島の海岸を測量したのち、鹿島灘から北へ上り、磐城、松島、金華山から三陸沿岸を測量した。釜石、宮古を経て、尻屋崎、下北半島を一周して前にいった野辺地に出た。さらに、青森から奥州街道の終点である三厩《みんまや》に着いた。すでに歩いた土地なので、忠敬にすればいろいろな思いがあったにちがいない。江戸に戻ってきたのは、その年の暮十二月七日のことである。

このときは、第一次の測量調査に比べると、いくらか扱いが変わった。それは、第一次調査のときは、各地に対する協力要請が、単なる、

「添え触れ」

であったものが、今度は、

「先触れ」

に変わったことである。そして、その触れの発行者が、前は蝦夷会所役人だったが、今度は道中奉行と勘定奉行から出されるように変わった。内容も、

・途中の人馬は、四人の人足が担ぐ長持一棹、人足二人、馬一頭とする。

・徴発する人馬には、定められた賃金が適用される。

・手当は、一日銀七匁五分から十匁に増額する。

などであった。しかし忠敬は文句をいった。それは、

「第一次調査でも、馬二頭、人足六人が必要でした。今度の調査では、道具が多いので長持がもう一棹必要になります。どうか、人足と馬をもう一棹分増やしてください」

と頼んだ。ところが、このときどういうわけか蝦夷会所の役人が担当していたので、首を横に振った。

「それはできない。今度は、わたしのところではなく道中奉行と勘定奉行が担当するよ

うになるので、そっちへ話してくれ」

と逃げた。忠敬は、それではといって妥協策を出した。

「それでは一棹分は、幕府のお世話になります。もう一棹分は、自分で身銭を切ります。しかし、各宿場への先触れは、二棹分予約しておいていただきたい。そうしないと、現地にいってからの人足と馬の協力が、なかなか得られないからです」

といった。蝦夷会所の役人は、すでに第一次調査の実績があり、蝦夷会所の名も上がっていたのでこれは承知した。

しかし、現実に調査をはじめてみると、こういう申し合わせがほとんど守られていないことがわかった。

今回の測量隊は、忠敬を隊長に、平山郡蔵、平山宗平の兄弟と、伊能秀蔵、尾形慶助、それに僕《しもべ》の嘉助を入れて前と同じ六人である。

品川を発って、川崎に着くとさっそく悶着が起こった。それは、阿波徳島藩主の蜂須賀公が宿泊しているとかで、宿の全部が押さえられ、忠敬たちには泊まるところがなかった。文句をいったが、どうにもならない。忠敬たちは結局、料理屋の一隅を借りてここを根拠地にした。

先触れは完全に無視されていた。それに、忠敬の測量方法は、

「手分け測量」

をおこなうので、隊が二隊に分かれる。が、分かれた隊のほうについては、幕府側で

はなんの面倒もみない。忠敬も、

「手分け測量は、自前で費用を負担せざるを得ない」

と思っていたから、そのへんはあきらめた。しかし、なにかもやもやした。

根府川の関所を通るときに悶着が起こった。関所役人は、

「手形をみせろ」

という。忠敬は、

「そんなものはない」

といった。そして、

「道中奉行や勘定奉行から、先触れがきているはずだ」

と告げた。関所役人はうなずいた。

「たしかに先触れはきている。しかし手形をみせろ」

と迫る。なぜだときくと、関所役人は忠敬を鼻の先であしらうような表情をして、

「たとえ先触れがきていても、百姓町人が通過するときは手形が必要なのだ」

といった。忠敬は、

「わたしは百姓町人ではない。幕府の役人だ」

といったが、関所役人はせせらわらった。

「先触れには、そんなことは書いてない。おまえは、百姓町人だとしてある」

そういった。忠敬は思わず胸の中でチッと舌を鳴らした。

（また、そういうことだったのか）

と気がついたからだ。迂闊だった。前よりも扱いがよくなったので、当然忠敬の身分も、

「幕府の士分である」

と思っていた。が、身分と資格については、幕府側では依然として忠敬を、

「元百姓で浪人」

としか考えていなかったのだ。

（念押しが足りなかった）

と、忠敬は自分の詰めの甘さに腹を立てた。そして、

（この次からは、自分の資格や身分をはっきりさせなければだめだ）

と、思わぬ無用のトラブルに閉口した。忠敬はひるまなかった。強引に、

「わたしは御用を命ぜられた幕府の測量隊である」

といって、従者に御用の旗を出させ、これを高々と掲げて、

「いくぞ」

と一行に告げた。整然と関所を通り抜けていった。関所の役人は呆気にとられ、黙って見送った。さすがに追いかけてきて、

「戻れ」

とはいわなかった。

測量機器の扱いについても、各宿場では身を入れなかった。ほかのことにかまけて、測量隊を冷遇した。とくに機械の扱いは乱暴で、隊員たちはハラハラした。大方位盤は重かったが、人足を十分に出してくれないので江戸に戻すことにした。ところが、忠敬たちが一旦江戸に戻ったときも、まだ届いていない。調べると、現地の扱いがいい加減で、船による移送も遅れていた。催促して、やっと届いた。あちこち調べて、どこも壊れていなかったことを確かめ、忠敬たちは顔を見合わせてほっと息をついた。

それから東北に向かい、仙台近辺の海では、海上に引き縄を張って測定した。松島湾は湾への切込みが多く、また小さな島が多い。いちいち測量はできない。そこで、遠測を活用して、だいたいの位置を測った。

このときの測量も、仙台領では、幕府からの先触れもきちんと受け止められ、藩庁の役人もそれに従って対応してくれた。しかし、盛岡南部領では、たしかに道中奉行や勘定奉行からは、詳しい先触れが出されていたが、藩の役人がいい加減に扱った。だからそのために、幕府から出た先触れの写しも現地に届いていず、同時に、藩庁側から、

「この先触れのとおりにして欲しい」

という添え触れも出されていなかった。しかし、藩の役人の中にも理解者がいて、

「測量は大切な仕事だ」

と思う者もいた。これらの役人が、妥協策を出した。それは、

「藩の上層部から命令がない以上、協力はできない。しかし、町役人や村役人が協力す

ることは可能だ」

　といって、かれらが必死に奔走し、町役人や村役人に必要な人馬を出させることに成功した。同時に、

「不案内な土地に対しては、村役人が案内する」

と、付添人の派遣も世話してくれた。しかし、かれらにすればあくまでも、

「藩庁として、武士が協力するのではない。町方や村方が、自由意思で協力したのだ」

という、いわば言い訳になる口実をちゃんと用意していた。現在でいう、

「悪しき官僚主義」

が、日本中に巣くっていた。

伊能忠敬の測量の困難は、地理・地形の複雑さや、道の険しさにあっただけではない。むしろ、この、

「日本国内における、幕府や各藩の官僚主義との闘い」

に、かなりの勢力をそがれた。身体が丈夫でなく、いつも神経がピリピリしている忠敬にすれば、この官僚主義との闘いがどれほど腹の立つ、また不条理なものであったかはわからない。

「公儀が命ぜられた測量に、なぜいちいち文句をつけて、協力しないのだ」

という苛立ちと憤りは、つねにつきまとった。

しかし、調査をつづけているうちに、盛岡南部藩でも、幕府にいろいろと問い合わせ

たのだろう。忠敬のいうことがほんとうだということがわかった。そこで扱いがガラリと変わった。そして、藩の役人たちがある日忠敬たちを宿に訪ねてきて、

「これは、藩からの贈物です」

といって金品を差し出した。忠敬は辞退した。

「目録だけは頂戴いたします」

と告げた。そして、

「いただいてよろしいかどうか、そちらから幕府に伺いを立ててください」

と念押しをしている。この点、さすが佐原の名主を務めただけあって、金品の授受については厳格だった。

「はい、どうもありがとうございます」

といって、すぐ受け取るようなまねは絶対にしなかった。その点、忠敬は、かなり自分の金を持ち出していることもあって、そのへんの経理については几帳面だった。

南部藩側では、忠敬が金品の授受を拒否したことに対し、心配した。

「まさか、おぬしはわれわれの当初の扱いが不十分であったことを、幕府に報告するつもりではないだろうな?」

と上目遣いにきいた。忠敬は、

「そんなことはいたしません。それよりも、明日の天気のほうが心配です」

と笑った。

忠敬の心配は当たった。東北北部は、激しい雪に襲われ、大吹雪になった。いかに海の上を測量するといっても、思うようにいかない。三廐についたときは、ついに測量をあきらめた。

このときの測量図は、小図一枚、中図四枚、大図三十二枚が制作されたという。しかし、わずかに中図が残されているだけで、小図と大図はどこにいったかわからないようだ。また中図も、蝦夷・陸奥北部・陸奥南部・伊豆、関東の四枚構成だったというが、関東分が紛失しているという。

享和二年（一八〇二）六月三日、伊能忠敬は今度は、

「羽越海岸や越後沿海の測量を命ずる」

と告げられた。命令を出したのは、若年寄の堀田摂津守である。師の高橋至時はよろこんだ。そして、

「あなたの測量も、いよいよ本格的なものになった」

と、幕府上層部からの命令を伝えた。

今回の扱いは、

・費用として六十両の手当を支給する。

・道中では、人足五人、馬三頭、長持一棹の持ち人足四人の利用を認める。

・ただし、宿泊代は、自前とすること。

とされた。そして、

・これらのことは、道中奉行と勘定奉行から、沿道に対して先触れを出す。

といわれた。いままでとちがってずいぶんと改まった待遇だったが、忠敬にはもうひとつ気になることがあった。それはいうまでもなく、かれの、

「どんな身分と資格で、測量をおこなうのか」

ということだ。この点を高橋至時に確かめると、高橋はちょっと気まずそうな顔をした。そして、

「そのことは、まだあまり深く追及しないほうがいいだろう。宿泊代だけで、測量ができることだけでもよしとしなければなるまい」

といった。高橋は高橋なりに、忠敬の身分についてはずいぶんと上層部に交渉した。しかし、上層部の認識は、

「身分などどうでもよいではないか。測量のために、道中奉行や勘定奉行が先触れを出すことだけでもたいへんな厚遇だ。それ以上、ぜいたくをいわせるな」

といった。どうも、勘定所には忠敬に対するよくない情報が入っていたようだ。

「農民のくせに生意気だ」

とか、

「現地で、御用の旗を押し立ててことさらに悶着を起こしている」

という報告が次々と舞い込んでいたらしい。したがって勘定所役人は、伊能忠敬に対してあまりいい感じを持っていなかった。高橋至時にすれば、そういう空気を察知した

から、

「あまり強引に、身分や資格のことを強要すると裏目に出る」

と、測量そのものが取り止めになることを恐れた。

しかし、江戸城内における政治的思惑はともかく、現場にいって実際に測量をおこなわなければならない伊能忠敬一行にすれば、数々の不愉快なことが起こる。

この第三次測量調査のときにも、秋田藩佐竹家でも、小さな悶着が起こった。佐竹家では、藩役所がすでに道中奉行と勘定奉行からまわされた先触れを受け止め、領内に指示を出していた。

・触れのとおり、人馬は滞りなくさし出せ。

・一行が通行する際は、駅の役人二、三人が袴を着用して見送りをおこなえ。宿泊する宿の主人は袴を着用し、門前で出迎えろ。宿は見苦しくない家を用意すること。地元では、失礼のないようにふたりほどで案内をする。

・かれらが江戸表へ書状をさし立てるときは、その書状をすぐ藩庁に届けること。

・川を渡す場合は、役人が二、三人出役して指示すること。

「以上のことを関係者によく伝えること。ここに書いた扱いは、当藩内だけではなく、他領においても同じだということなので、そのつもりでいるように」

と添書きがあった。ところが、秋田城下に入った忠敬は、「測量日記」で、次のように述べている。

「城下の扱いはまったくよくない。天測場所の用意もない。町役人の出迎えはなく、着いたときにやっと組頭と宿の亭主が挨拶に出ただけだ。そこですぐ名主を呼んでいいきかせた。家の中の手入れをして、天測の準備をさせた」

忠敬がこのとき文句をいったのは、

「天測の準備がととのっていない」

ということだった。しかし、秋田の町側にすれば、天測の話だけではない。

「測量隊一行はどういう資格を持っていて、どういう扱いをすればいいのか」

ということで頭がいっぱいだった。

秋田藩では、事前にこのことを幕府に確かめている。しかし確かめた先が勘定所だった。勘定所は前に書いたように伊能忠敬たちによくない感情を持っていた。そのために、この照会に対しては、

「まあ、代官手代か、苗字帯刀をゆるされた富裕農民と考えればよかろう」

と答えた。実際に伊能忠敬の身分は、佐原の名主なのだから、この回答は決して間違いではない。しかし忠敬にすれば、

「幕府の命令によって、測量調査をおこなっているのだから、当然幕府の役人の扱いをしてもらいたい」

という気持ちがある。それが第三次調査でもかなえられなかった。結局は、かれがつねに文句をいうのは、それぞれの地域の町役人や村役人だ。武士ではない。これは前の

調査でも、勘定所の役人が、

「町役人や村役人が、自発的に協力するのは結構だ」

という言い方をしたのと同じことだ。忠敬は、

(相変わらず、お役人たちの考えは姑息で曖昧だ)

と腹が立った。

この扱いは、津軽の弘前城下でも同じだった。城下町に入っても出迎えがぜんぜんない。まごまごしていると、近くの宿から客引きのような者が出てきて案内した。宿でやっと、亭主が袴を着けて出迎えた。ところが、この宿は木賃宿的な建物で、多くの商人や芸能人たちが、追込み式に大部屋に入れられていた。

忠敬は腹を立てた。そこで町役人を呼びつけると、としよりがやっとひとりやってきた。こっちのきくことには何も答えずに、ただ、

「いま、この地にはご領主さまが遊興にきているので、宿屋がいっぱいだ。できれば、宿泊先を大浜に変えて欲しい」

などといい出した。忠敬は、怒りをぐっと押さえて、今回の測量の目的を詳しく告げ、道中奉行や勘定奉行からの先触れが、藩役所にもすでにきているはずだと懇々と諭したが、としよりはぜんぜんきいていない。自分の思っていることをブツブツことばにするだけで、忠敬の話には耳を傾けなかった。とぼけているのか、それともほんとうに理解していないのか、よくわからなかった。

が、忠敬の怒りを込めた説得がきいたらしく、翌日、藩役所からひとりの武士がやってきた。そして、

「たいへん失礼をいたしました。そこまで大切な測量だとは思わなかったので、数々のご無礼はおゆるしいただきたい。先触れにしたがって、お世話を申し上げる」

そういって、

「これは藩主からです」

と、菓子一折りさし出した。

忠敬たちは、すでに、申し入れによって大浜に宿泊地を移していたが、今度は、

「青森に泊まっていただきたい」

という。忠敬は断った。

「測量の準備はすべて向こうにしているので、もう青森へは移れない」

といった。せめてもの腹いせだった。そして最後に、

「これらのことは、詳細に江戸にご報告申し上げるつもりです」

と告げた。藩の役人は青くなった。

その日はそのまま帰っていったが、翌日、

「測量してお描きになった地図を、ぜひ当藩で買上げさせていただきたい」

と申し出た。これはほんとうに地図が欲しいのか、それとも、

「地図買上げによって、忠敬の怒りをすこし鎮めよう」

と考えたのかわからなかった。先学は、

「買上げによって、忠敬に幕府への報告を勘弁してもらおうと考えたのだろう」

と推測しておられる。

「日本東半部沿海地図」の完成

伊能忠敬は、享和三年（一八〇三）の二月に、今度は東海地方と北陸地方の海岸線の測量を命ぜられた。隊員は、平山郡蔵、伊能秀蔵、村津大兄、尾形慶助、小野良助、伊藤吉兵衛に僕の久兵衛合わせて八人であった。

このときは、

・手当として、八十二両二分を支給する。
・現地における人馬の数は前回同様とし、無賃とする。
・人足は五人、馬は三頭、長持は一棹とする。
・これらのことは、道中奉行と勘定奉行が、先触れをおこなう。

このときの調査では、尾張徳川家の扱いが非常によかった。尾張徳川家では、伊能忠敬一行を、

「公用でまかり越した幕府役人として扱う」

としていた。忠敬たちは、このとき名古屋の城下町で量程車を使った。例の引っ張って歩く車で、車の回転数によって距離が測れる。これが使えたということは、名古屋の

城下町の道路の整備がよかったということだろう。関ケ原にいったときは、養老の滝をみたり、名所旧跡をいろいろと見学した。

ところが、加賀藩に入ると、また扱いがガラリと落ちた。

加賀藩でも、事前に幕府勘定所に、

「このたび当領内にまかり越す伊能忠敬の身分と資格をお教え願いたい」

と照会した。これに対し勘定所では、

「天文方高橋作左衛門の門人で、正規に公儀に召し抱えられた者ではない。したがって、重い扱いをする必要はない」

と回答した。まだ忠敬に対する勘定所の悪感情は払拭されていなかった。そのため、加賀藩では、関係地に対し、次のような触れを出した。

・一行が到着したときは、村役人が会釈（応接）する。会釈の程度は、代官手代にするのと同じでよい。

・案内は村役人がおこなう。一行が移動する間は、村役人が立ち会う。

・宿所には村役人一人、十村役《とむらやく》手代が詰めて世話をする。

・宿の亭主は袴を着用すること。かみしもは着なくてよい。

・村高、家数、村境から村境までの距離、村から渚までの距離などは、藩の指示がない限り絶対に答えてはならない。

完全に、もっとも悪かったときと同じ扱いだ。なんといっても、照会されたときの勘

定所役人の答え方に依拠している。加賀藩のほうでも、

「領内のことは、あまり詳しく知られたくない」

という秘密主義があったろうが、しかしなんといっても鍵になったのは勘定所役人の応じ方だ。伊能忠敬を、

「幕府が正規に依頼した役人ではない、苗字帯刀をゆるされた富裕な農民程度だろう」

という答え方が、全体を支配してしまった。

加賀にいったときは、忠敬にはあてがあった。それは、師の高橋至時に同じ天文学をまなんでいた測量家の西村太沖が、金沢にいたことだ。そこで忠敬は、

「加賀にいったら、西村太沖の協力を得よう」

と思っていた。が、藩のほうが先に手を打った。西村太沖に対し、

「病気願いを出せ。伊能忠敬に協力することはゆるさない」

と、先手を打ってしまった。

が、それでは加賀藩における扱いがまったくひどかったかといえば、かならずしもそうではなかった。というのは、迎えに出ることを免除されていた十村役（他藩の名主に相当する）が、気を使っていたからである。かれらは、勘定奉行からのお触れを正確に理解していた。そこで、村々に次のような指示を出していた。
・道路や橋は、この際通行に支障のないように修理する。
・測量隊の対象は、海辺に主眼がおかれているので、岬や島々にも渡れるように準備

をしておく。
・船の用意と、きかれたときのために海上の里数も調べておく。
・高い山や、城の跡を目標にするかもしれないので、そこへの道のりと方向を調べておく。

いき届いた事前調査である。また、協力者に対し、

・人足は、見苦しくないように髪や月代《さかやき》などをととのえておくこと。
・仮橋は、補強しておく。
・念のために、駕籠と馬を用意しておく。
・村役人は羽織を着用すること。
・案内の役人や先払は、一行の四十間から五十間（約八十メートル）先を歩き、不作法しないように注意すること。
・一行の宿泊所には、昼夜高張り提灯を掲げ、不寝番をつけること。
このとき用意した人足は、先払一人、道案内二人、測量手伝いが六人から十二人、測量の道具を持つ者が三人、ほかの荷物持ちが二十五人というように、大盤振舞いをしていた。
つまり、
このへんになると、加賀藩の十村役も、しだいに事情がわかってきていたのだろう。
「伊能殿は、佐原村の名主という資格なので、行く先々で、冷遇されるのだ」

と感じた。そして、

「冷遇しているのは、すべて武士である藩の役人だ」

と感じていた。いってみれば、

「同じ種類の人間間における理解と同情」

が、加賀藩の十村役の胸に湧いていたのだ。だから、道中奉行や勘定奉行の先触れ以上の配慮をして、準備をととのえていた。これがどれほど忠敬たちにとって、便宜を供与し、同時に心を癒してくれたかわからない。しかし、加賀藩における十村役の理解と協力は、あくまでも、

「伊能忠敬と同じような立場にあって、その苦しみや悲しみを自分たちのものとして理解していた」

という人たちに限られた。だからこそ、別に書いたような、高田領における、糸魚川《いといがわ》事件のようなトラブルが起こるのだ。これはまた、加賀藩の十村役とはちがう、いわば、

「現場の末端役人」

の屈折した心理が、逆に支配層である忠敬たちに反発心を湧かせ、底意地の悪い扱いに発展したということだ。同時に、地域における、

「現場において支配する者とされる者」

の心理的な違いが、こういう事件を招来させたといっていいだろう。

伊能忠敬にとって、胸の中に立った小骨のような煩わしさや、あるいはつねに神経を

チリチリと乱す毒液のようなこういう扱いが、完全に払拭されるのは文化元年（一八〇四）の九月六日のことである。

寛政十二年（一八〇〇）の閏四月におこなった第一次の測量調査から、五年後のことであった。この間にかれが実行した測量調査の結果を、「日本東半部沿海地図」として仕上げ、幕府に提出していた。この地図は、大図六十九枚、中図三枚、小図一枚によって制作されていた。大図一枚は、ほぼ畳一枚分あった。大図六十九枚をつなげると、尾張から東の地域全部の沿岸と、主要街道がはっきりわかる。

忠敬の測量はもともと、

「緯度一度の距離を確定する」

ということと、

「日本国の海岸線をあきらかにする」

ということだったので、「沿海地図」と名づけられたのである。しかも、この地図も前と同じように、

「みて楽しい地図」

を目的とし、絵画的な工夫がこらされていたので、非常に評判がよかった。

この日、江戸城の大広間で、これらの地図がつなぎ合わされ公開された。そして、第十一代将軍徳川家斉《いえなり》がこの地図をみた。つまり、

「将軍の上覧に達した」

という栄誉を担った。立会ったのは、老中戸田氏教、若年寄堀田正敦、勘定奉行中川忠英などである。将軍家斉は、地図の縁にそってグルグル歩きながら、

「うむ、見事だ」

「なるほど、この地方はこのような形をしていたのか」

と、いちいちうなずきながら感嘆の声を発した。

もちろん、伊能忠敬には将軍に会える資格がないから、この日は自宅でその結果を待っていた。

地図の上覧は成功した。

直後の九月十日、若年寄堀田正敦は、忠敬を呼び出した。そして、

「日本東半部沿海地図作成の功により、小普請組に召し出される。十人扶持を支給される」

と告げた。たとえ小普請とはいえ、伊能忠敬は正式に、

「徳川家の直参」

に登用されたのである。さらに、直接の上司になる小普請組支配小笠原信成から、

「天文方の高橋景保の手附を命ずる」

と命じられた。ということは、高橋景保の部下となって、

「幕府天文方の正式役人」

に任命されたということになる。そして勢いをかって、文化元年（一八〇四）十二月

二十五日に、

「西日本の地図をつくることを命ずる」

と指示された。このときは、

「いままでのように、自身の門弟のほかに、天文方の役人を部下に加えることも認める」

ということと、

「手当は増額する」

という伝えがあった。さらに、今度は道中奉行や勘定奉行からの先触れではなく、

「老中の命令として」
・沿道の諸藩、奉行、代官等に伊能忠敬の測量隊を援助すべきこと。
・街道筋の宿駅に対しては、老中から必要な人馬の提供を命ずる旨の先触れを出す。
ということが伝えられた。

これが、伊能忠敬の五次調査と呼ばれるものである。すなわち、第一次から第四次までに味わった現地における行き違いや、意識的な冷遇などは、この五次調査からはいっさいが払拭された。伊能忠敬のひきいる測量隊は、

「老中の命によって」

という、徳川幕府最高の権威者からの指示命令によって、全国的に協力が得られるようになった。

それまでの五年間における忠敬の努力がそうさせた。忠敬はたしかに、現地では腹の立つあまり、

「われわれは幕府の御用を承る測量隊だ」

と、御用旗をかざしたし、あるいは、

「江戸に報告する」

と恫喝的な態度を取ったこともある。しかしこれは、かれが佐原で名主を務めていたときに学んだ、いわば、

「世の中における、難問の処理方法」

である。かれは、たしかに情熱と好奇心に満ちた科学者ではあったが、だからといって、

「いたずらに、権威を振りまわす愚物」

ではなかった。

「こうすれば、こうなる」

「こういえば、こう応ずるだろう」

ということをきちんと知っていた。それは長年の経験から、たくさんの事例を身につけていたからである。身体があまり丈夫ではなく、ともすれば健康を害されるような状況を突破して、かれが日本全国を測量して歩きまわったエネルギーの凄まじさはたしかに驚嘆に値する。が、同時に、現地にいくたびに起こった悶着を、すべて根気よく、し

かし、

「絶対に自恃《じじ》の気持ちを失うことなく」

対応しつづけた精神力も、また称賛に値するだろう。そして、かれが、弱い体力をものともせず、最後の最後まで目的完成のために日本中を歩きまわった凄まじいエネルギーの根源も、この精神力にあったといっていい。

「七十年の生涯事業《ライフワーク》」の完成

享和二年（一八〇二）になると、幕府は伊能忠敬の努力の成果を高く評価し、改めて関東や東北地方につづく地域の測量を命じた。これは、幕府のほうが伊能忠敬に対して、

「この地の測量をおこなえ」

と命じたのであって、伊能のほうから、

「測量させてください」

と願い出たわけではない。幕命として、忠敬は正式に測量に従事できるようになった。

享和二年六月十一日に、忠敬は門人を連れて江戸を出発した。白河から日本海岸へ出、青森までいった。そして南下して直江津に出、越後、信州、中山道を経由して江戸に戻ってきた。幕府は経費として六十両を与えてくれた。

翌年の四月には、東海道から尾張に入り、北陸に出た。このときは忠敬がすべてを測量したのではなく、弟子の平山郡蔵は能登半島へ出た。七尾で合流し、直江津から佐渡

に渡った。この測量によって、日本内地の東半分の海岸線はすべて測量が完了した。

こういうように、伊能忠敬の日本各地の測量は次々と進んでいく。

享和元年（一八〇一）、五十七歳のときには、伊豆から陸奥《むつ》までの本州東海岸と奥州街道を測量した。

享和二年、五十八歳のときには、出羽街道、陸奥から越後までの海岸、越後街道などを測量した。このとき、子午線一度の長さは二十八・二里と算出した。

享和三年、五十九歳のときには、駿河《するが》から尾張まで、また越前から越後までの海岸と、その地方の主な街道や佐渡島などを測量した。ただこのときは糸魚川《いといがわ》で測量中、現地の村役人と衝突し、勘定奉行所に訴えられた。

文化元年（一八〇四）、六十歳のときには、日本東半部沿海地図を作成して幕府に提出した。幕府は伊能忠敬を正式に役人として採用した。そして、西日本の測量を命じた。この年に師の高橋至時《よしとき》が死んだ。四十一歳だった。その子景保《かげやす》が跡を継ぎ、幕府天文方に登用された。

文化二年、六十一歳になって、東海道筋から伊勢、紀伊半島、備前（岡山）までの海岸、淀川筋《よどがわすじ》、琵琶湖周辺などを測量し、珍しく岡山で越年した。

文化三年、六十二歳のときは、山陽の海岸と瀬戸内海の島々、山陰と若狭《わかさ》の海岸、隠《お》岐《き》島などを測量した。

文化五年、六十四歳になると、四国と淡路《あわじ》の海岸、大和《やまと》及び伊勢街道などを測量した。

このときは伊勢の山田で越年した。

文化六年、六十五歳になると、中山道と山陽道の街道筋を測量し、九州の小倉にいって越年した。

文化七年、六十六歳になって、九州の豊前《ぶぜん》、豊後《ぶんご》、日向《ひゅうが》、大隅《おおすみ》、薩摩、肥後などの海岸や、熊本から大分までの街道を測量した。このときは大分で越年した。この年、江戸に出て盛右衛門という婿を迎えていた長女イネが佐原に戻り、仏門に入った。

文化八年、六十七歳のときは、中国地方の主な街道と、美濃三河《みのみかわ》から信濃《しなの》への街道、甲州街道を測量した。後半は、九州に向かい、摂津郡山《せっつこおりやま》で越年した。

文化九年、六十八歳のときは、九州に渡り、筑前《ちくぜん》、筑後《ちくご》と肥前《ひぜん》の一部の海岸、種子島《たねが》、屋久島、九州の諸街道などを測量した。そして肥前で越年した。

文化十年、六十九歳のときは、九州の残りの海岸と街道、壱岐《いき》、対馬《つしま》、五島の島部、さらに中国地方の残りの諸街道などを測量して、姫路で越年した。この年長男の景敬《かげたか》が死んだ。四十七歳だった。不肖の子といわれている。つまり忠敬ほどの当事者能力がなく、凡庸な跡継ぎだという評判であった。

文化十一年、七十歳のときは近畿地方や中部地方の残りの街道を測量した。江戸の拠点を、八丁堀の亀島《かめじま》町に移した。

文化十二年、七十一歳になると、江戸府内の予備測量をおこなった。部下たちに伊豆七島を測量させた。さすがに忠敬も老年になって体力が衰えたので、伊豆七島行きは諦めた。

文化十三年、七十二歳になって、江戸府内の細部を測量した。そして『大日本沿海輿地全図』の作成に取りかかった。この年、間重富が死んだ。

文化十四年、七十三歳になって、『大日本沿海輿地全図』の作成を続行した。しかし、健康がとみに衰えた。

文政元年（一八一八）、七十四歳。衰えた健康はついに回復せず、四月十三日江戸八丁堀の亀島町で死んだ。遺言によって、師高橋至時の墓の側に埋めてもらった。なかには、

「高橋至時は御目見え以上の幕府の正式な武士だ。たとえ幕府の役人といっても、農民出身の伊能忠敬を高橋殿の墓の側に埋めるのはいかがか」

と文句をいう者もいたが、幕府首脳部の英断で許可された。

これが伊能忠敬の後半の業績だ。『大日本沿海輿地全図』は、かれが死んだ三年後の文政四年（一八二一）に完成した。幕府はこれを嘉《よみ》して、伊能忠敬の功を称え、孫に五人扶持と江戸の邸、さらに永代帯刀をゆるした。

しかし、これまで述べた忠敬の全国測量もけっしてトントン拍子で進行していったわけではない。苦労話は数多く残っている。

伊能忠敬の測量の旅に加わった人々は、前に書いたように、忠敬の内弟子と師の高橋

至時の弟子とで構成されていた。いちばん最初に、蝦夷地の測量をしたときの一行は六名で、助手としては三名が参加していた。門倉隼太、平山宗平、伊能秀蔵である。

門倉隼太は大坂の出身で、高橋至時の従者だった。平山宗平は忠敬が伊能家に養子になったときの仮親、平山藤右衛門の孫に当たる。忠敬を迎えた家付き娘ミチが死に、年月をおいて仙台藩の医者桑原の娘ノブをもらうまでの間に忠敬には内縁の妻的女性がいたが、ノブが伊能家に入るころに自ら身を引いた。この女性の名はわかっていないが、その女性が生んだ子が伊能秀蔵である。

忠敬が蝦夷地にいったとき、秀蔵はまだ十四歳の少年だった。しかし、才覚があったので忠敬は重宝していた。いってみれば、こんな忠敬の気心を知り、それだけに忠敬の使いやすい連中ばかりだといっていいだろう。

そして江戸に戻ってきてから忠敬は蝦夷地の地図の作成にとりかかった。このとき手伝ったのが、門倉隼太、平山郡蔵、久保木清淵それに、忠敬が江戸に出てから非公式に迎えた内妻の栄らであった。

この、地図作成に携わった人々も、忠敬の気心知れた仲間たちであった。門倉隼太は蝦夷地に実際に同行している。また平山郡蔵は、蝦夷地に同行した平山宗平の兄に当たる。久保木清淵は、忠敬がまだ隠居する前に伊勢神宮にお参りしたときからの知己で、忠敬とは肝胆相照らす仲だった。そして久保木清淵は地図上に、得意の筆をふるってとくに細かい字を書き込んだ。

忠敬の地図は非常に良心的なもので、かれは山が険しかったり、あるいは目の前に海がみえていてもそこにいけないような場合には、

「測量不能」

と正直に記入した。久保木は、

「地図に、測量不能などという説明を書き加えたのは、おそらくこの地図がはじめてではないですか?」

と笑った。しかし忠敬は、

「測量しなかったことをしたかのように推測で記入するのでは、やはり地図が不正確になります」

といって、自説にこだわった。内縁の妻栄は、漢学と算学の素養があったという。絵図を書くのも得意だった。さらに象限儀の目盛りまで読んだ。こういうところが忠敬の気に入って、おそらく江戸での内妻としたのだろう。したがって、栄との関係は単に男と女の仲というよりも、むしろ天文学や暦学をともに学んだり、あるいは忠敬が夜ごとのようにおこなう天体観測の手伝いをしていたのに違いない。内妻であると同時に忠敬の仕事の立派な助手でもあったのだ。しかし、やはり数年後には自らどこかへ去っていったという。

忠敬が最初におこなった蝦夷地の測量は、半分はかれの自発的な行動の扱いになっている。つまり忠敬が、

「私に蝦夷地を測量させてください」

と願い出て、幕府がそれに対し、

「許可する」

と、出願と許可という形をとった。そのため、幕府からの援助金はほとんどなく、忠敬の持ち出し分が多かった。

しかし一回目の蝦夷地の測量の成功と師であり幕府の天文方であった高橋至時の推薦もあって、以後の測量はすべて幕命による公式の測量に切り替えられた。すると扱いもガラリと変わった。伊能忠敬は、蝦夷地にいったときから、

「測量御用」

という旗を立てて、あたかも幕命による公式な調査であることを宣伝するような振舞いをとった。もちろん、蝦夷の地では相手をするのはほとんどアイヌたちだったから、そういう威嚇が効いたのだろう。

世界の列強が日本の周辺に迫る頻度が多くなったので、幕府だけでなく各大名家も「国土防衛」の考え方をしだいに強めた。そのためには、なんといっても日本全土の地図の作成が急務であり、そのためにはまず測量をおこなわなければならない、という認識はいきわたった。

だから伊能忠敬の測量隊が日本全土を回りはじめたころは、各大名家の態度も変わっていた。土佐藩、薩摩藩、日本海側の浜田藩（島根県）などは、積極的に協力した。測

量隊が国に入ってくるときには、入り口まで藩士が丁重に出迎えた。宿でも至れり尽くせりの歓待を受けた。また、いろいろな贈り物をもらったりもした。大名が個人的に忠敬に、

「密かに地図を作っていただけないか」

と頼んだからである。忠敬は、故郷への手紙に、

「長崎であなた方におみやげを買おうと思ったが、大名たちからのもらい物が多いので、これで十分間に合う」

というようなことを書き送っている。

しかし、最初のころはそうはいかなかった。やはり、忠敬の測量隊の性格がよくわからなかったからである。最初にトラブルを起こしたのは、享和三年（一八〇三）の越後（新潟県）糸魚川における測量である。

このとき忠敬は、東海道沿岸の測量を終わったので北陸に回り、その方面の測量をおこなうために越後に入った。

世話をやいたのが糸魚川の問屋八右衛門という人物である。糸魚川を測量する計画を話す忠敬は、さらに、

「糸魚川周辺の海岸の測量の手配もお願いしたい」

といった。ところが八右衛門は、

「この先に姫川という急流があって、海に近くなると川幅が百間（約百八十メートル）

にも広がっておりますので、とても船で渡るわけには参りません。どうか上流の街道をお渡りください」

といった。しかし、それでは測量の意味がないので忠敬は何度も、

「河口を船で渡してください」

と頼んだが、八右衛門は絶対ダメだといってきかなかった。怒った忠敬は、

「それなら結構です。私どもが自分で渡ります」

といって話し合いは物別れになった。

翌日、忠敬は測量隊を率いて河口にいった。ところが話が全然ちがう。そんなに川幅はない。忠敬たちはやすやすと渡れた。そこで戻ってきた忠敬は、八右衛門と宿場の役人を呼びつけた。

「おまえたちはお上の測量隊に嘘をいった。川幅が百間もあって渡れないなどといったが、実際には十間（約十八メートル）ではないか。なぜそういう嘘をいって、われわれの邪魔をするのだ？」

と厳しく叱った。八右衛門たちは、

「まことに申し訳ございません」

と平謝りに謝った。

この件はこれですんだと思っていたが、そうはいかなかった。忠敬が佐渡に渡って測量をすませ、江戸への帰り道をたどりはじめると、江戸浅草の天文方暦局から、師の高

橋至時の手紙が届けられた。一通は公文、一通は私信である。公文のほうには、

「あなたは先ごろ越後の国糸魚川を通行したとき、村役人たちの対応に不行き届きがあったといってきつく叱ったそうですが、糸魚川の領主松平日向守から、幕府に抗議がきました。松平様としてもそういうことがあってはならないと前々から考えていたので、厳しく取り調べをしたところ、そういう事実はまったくなかったということです。もちろん、これはあなたの言い分もきかなければなりませんので、速断はできませんが、しかし松平殿のいったことが本当だとすれば、あなたは御用の筋を少し誇張して相手に告げていることになる。すこし乱暴ではありませんか。幕府の測量隊としては、もってのほかのことです」

と厳しい文章が書き連ねられていた。忠敬は茫然とした。私信のほうは、もっとソフトな文面で忠敬の健康のことや、これからの測量のことなど細々とした心配が書き連ねられていたが、しかしここでも糸魚川における忠敬の態度が遺憾であると書かれていた。

忠敬はすぐに返事を書いた。

「松平日向守さまの申し立ては偽りです。幕府の測量御用に対して、宿場役人たちはわれわれの測量を妨害するようなことをいたしました。これが事実です。また私が、権威を楯にとってかれらに無理強いをしたことはありません」

と書き送った。

そして、江戸に戻ると改めて、旅の途中で考えてきた長文の弁明書を幕府に提出した。

しかし、これは忠敬の言い分だけが正しいのではなかったようだ。というのは、忠敬はなんといっても幕府から正式に測量を命ぜられていたので、やはりそういう意識がかなり強く前に出ていた。そのために、たとえば、

「測量隊には、五人の労務者を提供すること」

という定めがあったにもかかわらず、忠敬は四十人を要求した。宿場のほうでは弱り果てて、ぎりぎり動員して三十七人まで用意した。

糸魚川の場合には問屋の八右衛門をはじめ町役人たちが精一杯協力してくれたが、なかなかそうはいかない所もある。たとえば、東北地方の測量時には、新庄藩、久保田藩（秋田県）、弘前藩などでは、なかなか思うように出迎えや案内をしてくれないので、忠敬はたちまち町役人たちを呼びつけて叱った。叱るときには、

「この不届き者」

とか、

「言語道断」

というような言葉を使ったようだ。この響きが強くて、町役人たちは縮み上がると同時に、後でむかっ腹を立てた。そして、

「測量隊長などと威張ってはいるが、聞くところによれば伊能忠敬自身も、下総佐原の農民ではないか」

と罵った。

なんでもそうだが、事前になんの説明もなしに物事がはじまったときにはこういうトラブルがつきまとう。幕府のほうもそのへんを考えて、やがて忠敬の測量隊が出発するときは事前に、相手側に対し、

「先触れ」

といって、測量目的の内容を話し、その範囲を告知したり、測量に必要な人馬などを用意してほしいという依頼状を出すようになった。これが効を奏して、そういう面でのトラブルはなくなったが、もう一つやっかいなことができた。

それは、測量の範囲が広がるにつれて、幕府側も正式な役人を測量隊に加えるようになったことだ。このため、忠敬が使ってきた気心の知れた内弟子と幕府役人との間に対立する空気が生まれてきたことである。それというのも、幕府役人の待遇と、忠敬の内弟子との待遇に著しい差がついたからである。

たとえば、文化元年（一八〇四）、忠敬が六十歳になったときに、幕府は忠敬を正式に幕府役人として採用し、西日本の測量を命じた。このとき、師の高橋至時が死に、その子景保がそのまま跡を継いで幕府天文方に登用された。そんなこともあって、忠敬の西日本測量は翌文化二年（一八〇五）、彼が六十一歳のときからおこなわれた。東海道筋から、伊勢、紀伊半島、備前（岡山県）までの海岸、淀川筋、琵琶湖周辺などを測量し、岡山で越年したのち、さらに山陽の海岸と瀬戸内海の島々や、日本海側の海岸、そして隠岐島などを測量した。

このときに、測量隊に加わっていた幕府側の役人と、忠敬の内弟子との関係が爆発した。

測量隊を迎えた土地では、忠敬はじめ幕府役人のためには、馬を一頭ずつ用意する。旅宿では、幕府役人のほうは部屋もいいしご馳走も出る。ところが内弟子のほうの扱いは、かなり悪い。そのため、内弟子のほうもしだいにヤケを起こし、宿で酒を飲んだり、あるいは宿に対し、

「食事がまずい」

などと文句をいうようになった。さらに、町でみやげ物を買っても代金を支払わないというようなことまで出てきた。

忠敬は健康体ではなく、旅先でもよく寝ていたから、そこまで目が届かなかった。そのために、幕府役人の側から、

「伊能隊長の内弟子たちは、こういう不届きなことをしている」

と、告発された。そのため、父の跡を継いだ高橋景保から、何度も忠敬に対し、

「あなたの内弟子がたるんでいるという報告がしきりに入る。もっと厳重に取り締まるように」

という注意を何度も聞かされた。忠敬は頭が痛くなった。

文化三年（一八〇六）の十一月に、日本海側の測量を終えた忠敬が江戸に戻ると、幕府は旅行中の内弟子の行動にこだわり、

「厳重に処分するように」

と忠敬に命じた。忠敬はやむをえず、
破門　平山郡蔵ならびに小坂寛平
謹慎　伊能秀蔵　門倉隼太　尾形慶助
こういう厳しい処分をした。忠敬としてはなんとも割り切れない気持ちだった。門人たちに対しては、

「なぜ、もうすこし我慢してくれなかったのだ？」

という不満をもった。幕府に対しても、

「同じ測量をおこないながら、自分の内弟子と幕府役人との間に待遇の差をつけるからだ」

という怒りを持った。

そして破門を申しわたされた平山郡蔵の言い分をきいてみると、

「私がこういう処分を受けたのは、宿屋で料理に文句をつけたり何かしたことではないでしょう。おそらく、私が無能な幕府側の役人に、測量のことで反論を唱え、いろいろと文句をいったからだと思います」

そう応じた。たしかにそのとおりだろうが、忠敬もいまでは正式な幕府の役人になっている。幕府に背くわけにはいかない。

「しばらく堪えてくれ。やがてなんとかする」

と慰めた。

このへんの事情は、平山郡蔵の言い分のほうが正しいようだ。天文方に残り、師の息子景保の世話をしていた間重富が、わざわざ郡蔵に手紙を書いている。それによると、「役人は奉公人だから、給与分の仕事しかしない。それに比べ、あなたや私は自分から望んでこの仕事に携わっているのだから、役人と合わないのも当然です」

間重富のほうがよほど事情をよくわかっている。

しかし、平山郡蔵は忠敬の右腕ともいっていいような人物だった。かれにとっても忠敬にとってもこの破門は実に無念なことだったろう。

やがて十年後の文化十三年になると、忠敬は『大日本沿海輿地全図』の作成に取りかかる。そしてこのときに郡蔵を呼び戻す。ただ幕府をはばかって、平山の姓を「平野」と変えさせている。

そして、それから三か月後に忠敬は死ぬが、生きている間に郡蔵を呼び戻せたことは、忠敬にとって何よりもうれしかったことにちがいない。

こういうように、忠敬の日本測量の旅には、測量上の苦心だけでなく、人間関係のいうにいえない苦心がたくさんあった。しかし忠敬は、その一つひとつと忠実に向き合い、対応していったのである。

この本は、目的として、伊能忠敬の「生涯青春」ということをモチーフにしたので、できるだけかれの前半生の描写に力を注いだ。後半生の測量家としての事績については、たくさんの本が書かれているので省略した。

ただ一つだけつけ加えておきたいことがある。それは、これもまた測量家として有名な間宮林蔵《まみやりんぞう》と伊能忠敬との交遊である。

間宮林蔵は、常陸《ひたち》国筑波郡上平柳村（現在茨城県つくばみらい市）の出身である。子どものころから、天文学に関心を持ち、江戸に出て村上島之允《しまのじょう》に「地理の学」を学んだ。やがて幕府に登用され、蝦夷地の探検に出かけた。松田伝十郎とともに発見した海峡によって、サハリン（樺太）が大陸つづきではなく島であるという宣言をした話は有名だ。性格に多少狷介《けんかい》なところがあって、まわりの人々は林蔵のことを、

「変わり者だ」

と呼んでいた。ところがこの林蔵が、伊能忠敬と非常に心が通い合った。忠敬のほうも林蔵を愛した。林蔵は、忠敬を測量の先輩として立てた。そして何かあると、

「今度ここを測量することになりましたが、この点について教えてください」

と謙虚に教えを請うた。忠敬も自分の経験や理論を惜しみなく林蔵に教えた。

忠敬が死んでから十年後の文政十一年（一八二八）にシーボルト事件が起こった。シーボルトは、ドイツ人の医者でオランダ商館付きだった。高橋至時の子景保と仲がよく、いろいろな情報交換をおこなっていた。このとき、高橋景保はシーボルト側の資料をもらうために伊能忠敬がつくった地図の写しや、間宮林蔵が海峡を越えてアムール川側に

渡りいろいろ探検した記録などをシーボルトに渡してしまった。そのため高橋景保は逮捕され牢で死んだ。

　このときの処断は厳しく、景保の二人の息子や多くの部下だけでなく、忠敬の測量に従っていた下河辺林右衛門、長井甚右衛門、門倉隼太、川口源二郎などもその対象にされた。処分は遠島や追放などである。

　実はこの事件は、間宮林蔵の密告によって発覚したといわれている。そのため間宮林蔵は、

「かれは幕府の隠密であった」

「測量に名を借りて、諸国大名の動静を探っていた」

などともいわれる。真偽のほどはわからない。しかし伊能忠敬との関係に限っていえば、林蔵は心の底から忠敬を敬愛していた。忠敬のほうも林蔵に深い信頼と愛情を持っていた。両者の間に精神的なしこりはない。

　もし林蔵がこのことを幕府に告げたとすれば、林蔵にすればあれだけ苦労した伊能忠敬の日本地図と、また自分のアムール川探検記が、いとも簡単に幕府役人の高橋景保によって外国人に渡されてしまったことに、大きな痛憤を感じたのではなかろうか。まして、伊能忠敬は死んでしまっている。間宮林蔵にすれば、歯噛みするような出来事だったにちがいない。

（高橋景保という人は、人間の苦労をそのまま横流しして、なんとも思わないのか）

という憤激の情が、こういう行為に走らせたのだろう。

いずれにしても、隠居後を生き抜いた伊能忠敬にとって、間宮林蔵と交遊の機会を得たのは、これもまた、

「第二の人生における、新しい友人の獲得」

といっていいだろう。そう考えると人間の生涯は、死ぬまで何が起こるかわからない。定年によっていままでの仕事上の知己を失うことがあるかもしれないが、残る人もいる。失われない人もいる。同時にまた、新しく得られる人もいる。そう考えると、人生というのは無限の可能性を含んでいる。

伊能忠敬は、その無限の可能性に対し、つねに真っ直ぐに挑戦し、それなりの成果を得、しかも他人、あるいは他の地域、さらに日本、もっといえば国際的にも影響を与えた人物であった。

あとがき――晩年の輝きは、若いときからの努力

老人パワーが評判になっている。各社会の疲労回復のバネになりかねないいきおいだ。ふつうなら、リタイア後は、盆栽やゲートボールやボランティア活動などを、世の片隅でおこなう、というのが、

「高齢者の生き方」

と思われてきたが、まったく様相がかわってきた。

この老人の生き方を奇異に思う見方は、いままでの概念というか、前提がまちがっていたのではなかろうか。ひとことでいえば、

「人生五十年」

という考えである。

歴史上の人物の死亡年齢をみても、みなさん相当に長生きしている。老後の活躍も溌溂としている。いったいどこから、

「人間は五十歳で死ぬ」

などと思いこみはじめたのだろうか。

このごろは、

「生涯現役、生涯本番」

などといわれる。わたし自身も、

「起承転結でなく、起承転々だ」

と主張している。

伊能忠敬はこのことをみごとに実行した。不遇な幼少年時代、他家の養子、傾いた家の復興、地域への奉仕など、常人でもなかなかできないフル・コースをしっかり歩いたうえで隠居した。昔流にいえば、

「功成り、名遂げた地域の名士」

だ。が、かれはこれで満足しなかった。五十二歳のときから改めて天文学をまなび、日本各地の測量に乗りだした。というのは、それがかれの、

「ほんとうにやりたかったこと」

だったからだ。

人間はだれでもこの〝ほんとうにやりたいこと〟をもっている。が、死ぬまでにそれができるひとは、ほんのわずかだ。やるためには天の時（運）・地の利（条件）・人の和（人間関係）の三条件が必要だからだ。これをそろえるのは容易なことではない。

忠敬は全部そろえた。

「恵まれていたからだ」

というのはかんたんだ。しかし忠敬の場合は、

「条件は、すべて自分の努力でととのえた」

といえる。

「千里の道も、一歩すすむことから踏破する」

の精神である。これが一貫している。

その意味で、わたしの関心は、

「日本中、歩きぬいた伊能忠敬」

よりも、

「なぜ、かれは日本中を歩けるまでになったのか」

という、特に条件をととのえるための努力に多く寄せられた。そうなると、
・なぜ天文学に心を寄せたのか
・なぜ測量に関心をもったのか
・隠居後に、かなりの金を使い、早くいえば好きなことができたのか
という動機しらべに目が向く。そして、

「輝かしい晩年を生きるために、前半生でどんな蓄積をしたのか」

ということを掘りおこしたい。この本はそういう角度からの伊能忠敬伝である。

わたし自身への自戒もこめて、

「老後に好きなこと、やりたいことをやるためには、若いときから毎日その準備を積み

重ねる、根気づよい努力が必要だ」

ということだ。

「ローマは一日にして成らず」

ということばは、そのまま人間の生涯にもあてはまる。人間における晩年にやりたいことをやる準備とは、

「三つのK」

だ。三つのKとは〝カネ（経済）・健康・心（精神力）〟のことである。

●解説

第二の人生の足跡

末國善己（すえくに　よしみ）

伊能忠敬は、寛政一二（一八〇〇）年から文化一三（一八一六）年までの足かけ一七年をかけて日本全土を歩いて測量し、史上初めて日本の正確な形を明らかにした地図『大日本沿海輿地全図』を完成させたことで有名である。

忠敬の偉業は、日本の経済成長を支えた高い科学知識と技術力の原点として評価されてきたが、近年は、忠敬が隠居をした五二歳の時から本格的に西洋の天文学を学び、五五歳で測量を始めたことが注目され、忠敬のライフスタイルを参考に、引退後の〝第二の人生〟を考えたいという人も増えているようだ。

本書『伊能忠敬』も、常に新たな事業に挑戦し続け、「生涯青春」を実現した忠敬の一生を描いているが、隠居後だけをクローズアップしているのではない。著者は、不幸だった少年時代から筆を起こし、傾いていた伊能家を再興した青年時代、村の指導者として天明の飢饉などを乗り切った壮年時代、そして念願かなって天文学の研究を始めた隠居時代まで、忠敬の人生を丹念にたどりながら、それぞれの年代で現代人が学ぶことのできる教訓を抽出している。

著者は、青春小説やお仕事小説、科学・技術小説のエッセンスを導入しながら、晩年に偉大な功績を残すまでに忠敬が積み重ねてきた苦悩を掘り下げているので、〝第二の人生〟を模索しているリタイア世代はもちろん、仕事で悩んでいる働き盛り、将来に不安を感じている若者まで、参考になるのではないだろうか。その意味で、本書はすべての世代に贈るエールになっているのである。

上総国山辺郡小関村の名主・小関利右衛門の三男として生まれた忠敬は、婿養子の父が相続トラブルで兄二人を連れて家を出たのに、なぜか小関家に残されてしまう。その後、父に引き取られるも、没落していた伊能家の婿養子に出されている。著者は、決して恵まれていたとはいえない忠敬が、不幸を自己向上のエネルギーに変え、他人が自分のしたような苦労をしない社会を作るために邁進したとする。

格差が広がる現代の日本では、弱者がより弱い人をバッシングする状況が続き、特に匿名性が高いネットには見るに堪えない罵詈雑言が並んでいる。弱者として辛酸を舐めながら、負の連鎖を自分の力で断ち切ってみせた忠敬は、どのようにすれば人として美しく生きられるのかを、問い掛けているのである。

伊能家の当主となった忠敬は、小関家のやり方を踏襲するのではなく、新しい家の家風に馴染もうと、伊能家の記録を調べ始める。そこで、三代前の景利が、測量が得意で、詳細な記録を残していた事実を知った忠敬は、伊能家の先祖に深い尊敬を抱くようになる。これが伊能家の復活と、村の名主として尊敬を集めるほど出世をする足がかりになるのだが、忠敬の姿勢は未来を切り開くためには、歴史の学習が重要になるということを、改めて実感させてくれるはずだ。

名主として活躍した忠敬は、天明の飢饉で村人が困窮し、さらに食料を求める人々が村に流れ込んでくる危機に直面した時も、金と物を有効に使い、さらに地域コミュニティーの力を借りながら、これを克服している。行政と地域住民が一体となって、より困っている人を救う構図は、東日本大震災直後の支援の輪を彷彿とさせるものがあるので、胸が熱くなるのではないだろうか。

著者は、忠敬が幼い頃から天文学に興味を持っていたことから、物事を一歩距離を置いて観察する科学的な客観性と「天上の星の運行に比べれば、人間世界など大したことはない」という一種の虚無観を身につけていて、それがどんな困難であっても、合理的な判断で乗り越える思考の原点になったとしている。

興味深いのは、忠敬の合理精神が、村のシステムを抜本から作り変えるリストラクチャリングに至ったとの指摘である。日本でリストラといえば、社員を解雇して経営の安定化をはかるとの意味で使われることも多いが、著者は、本来のリストラは、倹約で確保できた資金を使って、客のニーズの切れた仕事を中止する一方、新たな事業には思い切って人と予算をつける組織改革のことであり、忠敬の行った事業の再編こそが、真のリストラクチャリングだったとする。

著者が、忠敬を「リストラクチャリングの名人」としたのは、改革の美名のもとに安易に正社員の解雇、非正社員の増員を行い、若者が夢を持てないような閉塞感を生み出している現代の経営者への批判と考えて間違いあるまい。

名主として多くの業績を残した忠敬だが、決して驕ることなく、目下の異見も聞くようにという家訓を残したという。この心掛けは、隠居後に二〇歳も年下の高橋至時に師事したことにも繋がってくる。人は少しでも好調だと自慢したくなるものだが、少年時代から密かに天文学に興味を持ち、趣味が高じて晩年に『大日本沿海輿地全図』を作っても恬淡としていた忠敬を見ていると、謙虚さこそが人生を豊かにしてくれることも分かるので、誰もが自分の生き方を見直す契機になるはずだ。

（文芸評論家）

*この作品は、『生涯青春』（三笠書房、一九九四年五月）として刊行されたものに、大幅に手を加え、改題した『伊能忠敬　生涯青春』（学陽書房人物文庫、一九九九年六月）を底本とします。

伊《い》能忠敬《のうただたか》

日《に》本《ほん》を測量《そくりょう》した男《おとこ》

二〇一四年 二 月二〇日 初版発行
二〇二二年 四 月三〇日 3刷発行

著 者 童門冬二《どうもんふゆじ》
発行者 小野寺優
発行所 株式会社河出書房新社
〒一五一－〇〇五一
東京都渋谷区千駄ヶ谷二－三二－二
電話〇三－三四〇四－八六一一（編集）
〇三－三四〇四－一二〇一（営業）
https://www.kawade.co.jp/

ロゴ・表紙デザイン 粟津潔
本文フォーマット 佐々木暁
印刷・製本 中央精版印刷株式会社

Printed in Japan ISBN978-4-309-41277-1

軍師　黒田如水

童門冬二　41252-8

天下分け目の大合戦、戦国一の切れ者、軍師官兵衛はどう出るか。信長、秀吉、家康の天下人に仕え、出来すぎる能力を警戒されながらも強靭な生命力と独自の才幹で危機の時代生き抜いた最強のNo.2の生涯。

龍馬を殺したのは誰か　幕末最大の謎を解く

相川司　40985-6

幕末最大のミステリというべき龍馬殺害事件に焦点を絞り、フィクションを排して、土佐藩関係者、京都見廻組、新選組隊士の証言などを徹底検証し、さまざまな角度から事件の真相に迫る歴史推理ドキュメント。

大坂の陣　豊臣氏を滅ぼしたのは誰か

相川司　41050-0

関ヶ原の戦いから十五年後、大坂の陣での真田幸村らの活躍も虚しく、大坂城で豊臣秀頼・淀殿母子は自害を遂げる。豊臣氏を滅ぼしたのは誰か？戦国の総決算「豊臣 VS 徳川決戦」の真実！

完本 聖徳太子はいなかった　古代日本史の謎を解く

石渡信一郎　40980-1

『上宮記』、釈迦三尊像光背銘、天寿国繍帳銘は後世の創作、遣隋使派遣もアメノタリシヒコ（蘇我馬子）と『隋書』は言う。『日本書紀』で聖徳太子を捏造したのは誰か。聖徳太子不在説の決定版。

天皇の国・賤民の国　両極のタブー

沖浦和光　40861-3

日本列島にやってきた諸民族の源流論と、先住民族を征圧したヤマト王朝の形成史という二つを軸に、日本単一民族論の虚妄性を批判しつつ、天皇制、賤民、芸能史、部落問題を横断的に考察する名著。

江戸食べもの誌

興津要　41131-6

川柳、滑稽・艶笑文学、落語にあらわれた江戸人が愛してやまなかった代表的な食べものに関するうんちく話。四季折々の味覚にこめた江戸人の思いを今に伝える。

蒙古の襲来

海音寺潮五郎　40890-3

氏の傑作歴史長篇『蒙古来たる』と対をなす、鎌倉時代中期の諸問題・面白さを浮き彫りにする歴史読物の、初めての文庫化。国難を予言する日蓮、内政外政をリードする時頼・時宗父子の活躍を軸に展開する。

大化の改新

海音寺潮五郎　40901-6

五世紀末、雄略天皇没後の星川皇子の反乱から、壬申の乱に至る、古代史黄金の二百年を、聖徳太子、蘇我氏の隆盛、大化の改新を中心に描く歴史読み物。『日本書紀』を、徹底的にかつわかりやすく読み解く。

新名将言行録

海音寺潮五郎　40944-3

源為朝、北条時宗、竹中半兵衛、黒田如水、立花宗茂ら十六人。天下の覇を競った将帥から、名参謀・軍師、一国一城の主から悲劇の武人まで。戦国時代を中心に、愛情と哀感をもって描く、事跡を辿る武将絵巻。

信長は本当に天才だったのか

工藤健策　40977-1

日本史上に輝く、軍事・政治の「天才」とされる信長。はたして実像は？　その生涯と事績を、最新の研究成果をもとに、桶狭間から本能寺の変まで徹底的に検証する。歴史の常識をくつがえす画期的信長論。

軍師　直江兼続

坂口安吾 他　40933-7

関ヶ原合戦の鍵を握った男の本懐。盟友石田三成との東西に分かれての挟撃作戦の実態は？　家康との腹の探り合いは？　戦後米沢藩の経営ぶりは？　作家たちが縦横に描くアンソロジー。

江　浅井三姉妹の生涯と戦国

坂本優二　41057-9

戦国時代の激動を生きた江をはじめとする浅井三姉妹の数奇な運命。謎の生涯を史料・手紙から解き明かし、その肉声を甦らせる！　信長・秀吉・家康らとの逸話やエピソード満載の書き下ろし「江」ガイド。

弾左衛門とその時代

塩見鮮一郎　40887-3

幕藩体制下、関八州の被差別民の頭領として君臨し、下級刑吏による治安維持、死牛馬処理の運営を担った弾左衛門とその制度を解説。被差別身分から脱したが、職業特権も失った維新期の十三代弾左衛門を詳説。

江戸の非人頭 車善七

塩見鮮一郎　40896-5

徳川幕府の江戸では、浅草地区の非人は、弾左衛門配下の非人頭車善七が、彼らに乞食や紙屑拾い、牢屋人足をさせて管理した。善七の居住地の謎、非人寄場、弾左衛門との確執、解放令以後の実態を探る。

弾左衛門の謎

塩見鮮一郎　40922-1

江戸のエタ頭・浅草弾左衛門は、もと鎌倉稲村ヶ崎の由井家から出た。その故地を探ったり、歌舞伎の意休は弾左衛門をモデルにしていることをつきとめたり、様々な弾左衛門の謎に挑むフィールド調査の書。

賤民の場所 江戸の城と川

塩見鮮一郎　41052-4

徳川入府以前の江戸、四通する川の随所に城郭ができる。水運、馬事、監視などの面からも、そこは賤民の活躍する場所となる。浅草の渡来民から、太田道灌、弾左衛門まで。もう一つの江戸の実態。

天下大乱を生きる

司馬遼太郎／小田実　40741-8

ユニークな組み合わせ、国民的作家・司馬遼太郎と“昭和の龍馬”小田実の対談の初めての文庫化。「我らが生きる時代への視点」「現代国家と天皇制をめぐって」「『法人資本主義』と土地公有論」の三部構成。

小説 岩崎弥太郎　三菱を創った男

嶋岡晨　40989-4

幕末、土佐の郷士の家に生まれ、苦節の青春時代を乗り越え、三菱財閥の元になる海運業に覇を唱えた男の波瀾万丈の一代記。龍馬の夢はどう継がれたか。

お江のすべて　徳川二代将軍夫人になった戦国の姫君

清水昇　41046-3

織田信長の妹お市の方が浅井長政との間にもうけた三姉妹の末子お江。その生誕から、小谷城落城、家康の後継秀忠との婚姻、実子家光をめぐる春日局との抗争まで。

決定版 日本剣客事典

杉田幸三　40931-3

戦国時代から幕末・明治にいたる日本の代表的な剣客二百十九人の剣の流儀・事跡を徹底解説。あなたが知りたいまずたいていの剣士は載っています。時代・歴史小説を読むのに必携のガイドブックでもあります。

証言・南京事件と三光作戦

太平洋戦争研究会〔編〕　森山康平　40876-7

南京大虐殺から七十年、いまだその真相をめぐって議論が続くなか、本書は実際に目撃した従軍記者や将兵らの生々しい証言を集めた衝撃の書。また、徹底した略奪と殺戮の燼滅作戦＝三光作戦の全貌も紹介。

太平洋戦争全史

太平洋戦争研究会　池田清〔編〕　40805-7

膨大な破壊と殺戮の悲劇はなぜ起こり、どのような戦いが繰り広げられたか——太平洋戦争の全貌を豊富な写真とともに描く決定版。現代もなお日本人が問い続け、問われ続ける問題は何かを考えるための好著。

東京裁判の全貌

太平洋戦争研究会〔編〕　平塚柾緒　40750-0

戦後六十年——現代に至るまでの日本人の戦争観と歴史意識の原点にもなった極東国際軍事裁判。絞首刑七名、終身禁固刑十六名という判決において何がどのように裁かれたのか、その全経過を克明に解き明かす。

特攻

太平洋戦争研究会〔編〕　森山康平　40848-4

起死回生の戦法が、なぜ「必死体当たり特攻」だったのか。二十歳前後の五千八百余名にのぼる若い特攻戦死者はいかに闘い、散っていったのかを、秘話や全戦果などを織り交ぜながら描く、その壮絶な全貌。

日中戦争の全貌

太平洋戦争研究会〔編〕　森山康平　40858-3

兵力三百万を投入し、大陸全域を戦場にして泥沼の戦いを続けた日中戦争の全貌を詳細に追った決定版。盧溝橋事件から南京、武漢、広東の攻略へと際限なく進軍した大陸戦を知る最適な入門書。

二・二六事件

太平洋戦争研究会〔編〕　平塚柾緒　40782-1

昭和十一年二月二十六日、二十数名の帝国陸軍青年将校と彼らの思想に共鳴する民間人が、岡田啓介首相ら政府要人を襲撃、殺害したクーデター未遂事件の全貌！　空前の事件の全経過と歴史の謎を今解き明かす。

満州帝国

太平洋戦争研究会〔編著〕　40770-8

清朝の廃帝溥儀を擁して日本が中国東北の地に築いた巨大国家、満州帝国。「王道楽土・五族協和」の旗印の下に展開された野望と悲劇の四十年。前史から崩壊に至る全史を克明に描いた決定版。図版多数収録。

花鳥風月の日本史

高橋千劔破　41086-9

古来より、日本人は花鳥風月に象徴される美しく豊かな自然のもとで、歴史を築き文化を育んできた。文学や美術においても花鳥風月の心が宿り続けている。自然を通し、日本人の精神文化にせまる感動の名著！

維新風雲回顧録　最後の志士が語る

田中光顕　41031-9

吉田東洋暗殺犯のひとり那須信吾の甥。土佐勤皇党に加盟の後脱藩、長州に依り、中岡慎太郎の陸援隊を引き継ぐ。国事に奔走し、高野山義挙に参加、維新の舞台裏をつぶさに語った一級史料。

東京震災記

田山花袋　41100-2

一九二三年九月一日、関東大震災。地震直後の東京の街を歩き回り、被災の実態を事細かに刻んだルポルタージュ。その時、東京はどうだったのか。歴史から学び、備えるための記録と記憶。

平清盛をあやつった女たち

長尾剛　41108-8

歴史は女で作られる——男には、支え、守り、騙す女の影があった。祇園女御、池禅尼、白拍子・妓王……、平清盛をめぐる華麗で壮絶な女のドラマの数々。書き下ろし。

江戸の枕絵師

林美一　47112-9

枕絵の始祖菱川師宣、錦絵摺枕絵の創始者鈴木春信、十六娘と同棲生活をした歌川派の総師歌川豊国——江戸文化を極彩色にいろどる浮世絵師たちのもうひとつの顔“枕絵稼業”の実相を列伝風に活写した稀覯本。

江戸の性愛学

福田和彦　47135-8

性愛の知識普及にかけては、日本は先進国。とりわけ江戸時代には、この種の書籍の出版が盛んに行われ、もてはやされた。『女大学』のパロディ版を始め、初夜の心得、性の生理学を教える数々の性愛書を紹介。

新選組全隊士徹底ガイド　424人のプロフィール

前田政紀　40708-1

新選組にはどんな人がいたのか。大幹部、十人の組長、監察、勘定方、伍長、そして判明するすべての平隊士まで、動乱の時代、王城の都の治安維持につとめた彼らの素顔を追う。隊士たちの生き方・死に方。

岡倉天心

松本清張　41185-9

岡倉天心生誕一五〇年・没後一〇〇年・五浦六角堂再建！　数々の奇行と修羅場、その裏にあった人間と美術への愛。清張自ら天心の足跡をたどり新資料を発掘し、精緻に描いた異色の評伝。解説・山田有策。

軍師の境遇

松本清張　41235-1

信長死去を受け、急ぎ中国大返しを演出した軍師・黒田官兵衛。だが、その余りに卓越した才ゆえに秀吉から警戒と疑惑が身にふりかかる皮肉な運命を描く名著。2014年大河ドラマ「軍師官兵衛」の世界。

信玄軍記

松本清張 40862-0

海ノ口城攻めで初陣を飾った信玄は、父信虎を追放し、諏訪頼重を滅ぼし、甲斐を平定する。村上義清との抗争、宿命の敵上杉謙信との川中島の決戦……。「風林火山」の旗の下、中原を目指した英雄を活写する。

遊古疑考

松本清張 40870-5

飽くことなき情熱と鋭い推理で日本古代史に挑み続けた著者が、前方後円墳、三角縁神獣鏡、神籠石、高松塚壁画などの、日本古代史の重要な謎に厳密かつ独創的に迫る。清張考古学の金字塔、待望の初文庫化。

幕末の動乱

松本清張 40983-2

徳川吉宗の幕政改革の失敗に始まる、幕末へ向かって激動する時代の構造変動の流れを深く探る書き下ろし、初めての文庫。清張生誕百年記念企画、坂本龍馬登場前夜を活写。

赤穂義士 忠臣蔵の真相

三田村鳶魚 41053-1

美談が多いが、赤穂事件の実態はほんとのところどういうものだったのか、伝承、資料を綿密に調査分析し、義士たちの実像や、事件の顚末、庶民感情の事際を鮮やかに解き明かす。鳶魚翁の傑作。

徳川秀忠の妻

吉屋信子 41043-2

お市の方と浅井長政の末娘であり、三度目の結婚で二代将軍・秀忠の正妻となった達子（通称・江）。淀殿を姉に持ち、千姫や家光の母である達子の、波瀾万丈な生涯を描いた傑作！

黒田官兵衛

鷲尾雨工 41231-3

織田方に付くよう荒木村重を説得するため播磨・伊丹城に乗り込んだ官兵衛。だが不審がられ土牢に幽閉されるも、秀吉の懐刀として忠節を貫いた若き日の名軍師。2014年大河ドラマ「軍師官兵衛」の世界。